读给孩

沈从文与凤凰

沈从文 著
李怡 主编

朝華出版社
BLOSSOM PRESS

总序：我们生命的原乡

原乡，就是指我们祖先居住的、未曾迁移过的地方。事实上，今天的人们已经不大可能“未曾迁移”，要么是随我们最近的父辈，要么就是我们自己——其实，从小到大，我们总是在迁徙，出生、读书、工作……几乎没有人能够较长时间地停留在我们出生的土地上。这是时代匆匆的步伐，这是命运云谲波诡的节奏，这是自我主动被动的选择。

所以，“原乡”的意义对每个人都十分重要。所以，“故乡”的影像、“童年”的记忆总是那么亲切，那么意味深长，那么值得“美化”。所以，在这个工业化、商业化不断发展的时代，“乡愁”也愈加深沉、醇厚起来。

然而，乡愁究竟是什么呢？是简单的“怀旧”吗？是对现实的拒绝吗？是小资的抒情吗？或许，连我们自己也说不清、道不明吧。那么，我们不妨回望那些现当代文学史上的智者，看看类似的体验如何流转于他们的内心，又如何释放为生动的抒怀。

乡愁是什么？或许对李劼人来说，就是武侯祠那里的一份豆花、一碗抄手；对老舍来说，只是一句要说而说不出的“我真爱北平”；对沈从文来说，则是“用鸡笼去罩捕水田中的肥大鲤鱼鲫鱼”，“抽稻草心织小篓小篮，剥桐木皮作卷筒哨子，用小竹子作唢呐”；在萧红那里，乡愁是“祖父戴一个大草帽，我戴一个小草帽，祖父栽花，我就栽花，祖父拔草，我就拔草”；在汪曾祺那里，乡愁许是“我对异乡人称道高邮鸭蛋，是不大高兴的，好像我们那穷地方就出鸭蛋似的！不过高邮的咸鸭蛋，确实是好”；在赵丽宏的回忆中，乡愁是崇明岛的芦苇与小螃蟹，是南京路上的照相馆，也是香山路上的那片梧桐树……

同样是故乡，同样是童年，却如此异彩纷呈，其实每个人都有自己独特的“原乡”形态，此原乡与彼原乡，绝不只是时间与空间的差异，更是精神结构、精神追求的分歧。更重要的可能还在于，在这些饱经风霜的文学智者那里，所谓“乡愁”并不是我们想象的清浅单一的怀旧，其中充满了思索，凝聚着沉痛，渗透的是理性的反思与批判。这样的回味，这样的抒情，真的沉甸甸！当然，也有深情的纠缠，但纠缠的却已经不是一己的私欲，而是那种博大厚实的文化情怀与生命意识。

“读给孩子的故乡与童年”丛书，是对现当代作家的故乡与童年的巡礼，是对“望得见山、看得见水、记得住乡愁”的诠释。它以现当代作家关于故乡与童年的小说、散文为基础，围绕“逝去的故乡”与“大师的童年”选篇择目，以入选的各篇目的初版面貌为底本，用心编辑。为了保留作品的原汁原味，对与当前编校规范不相符，但体现了当时语言风格和作者遣词造句偏好的一些地方，如“的、地、得”不分、“做”和“作”不分、“那”和“哪”不分、“么”和“吗”不分、“分”和“份”不分、“玩”和“顽”不分、“什么”写作“甚么”、“合适”写作“合式”、“玩意”写作“玩艺”等，未作修改。丛书紧扣新课标中小学语文的学习目标予以释读、指导，撰写导读文字的都是高校的青年博士，他们悉心解读，所撰写的细腻、隽永的文字，引导我们步入精神的原乡，值得我们珍藏。

李　怡

2017 年 10 月于北京师范大学励耘居

自序：从文自序

我生长在湖南西部凤凰城中，到十五岁时始离开了那个地方。在九个儿女的家庭中，我应排列到第四。

因为生长地方，为清时屯戍重镇。绿营制度到近年尚依然存在，故于过去祖父曾入军籍，作过一回镇守使，现在兄弟及父亲皆仍在军籍中做中级军官。因地方极其偏僻，与苗民杂处聚居，教育文化皆极低落，故长于其环境中的我，幼小时显出生命的那一面，是放荡与诡诈。

十二岁我曾受过关于军事的基础训练，十五岁时随军外出曾作上士。后到沅州，为一城区屠宰收税员，不久又以书记名义，随某剿匪部队在川、湘、鄂、黔四省边上过放纵野蛮生活约三年。因身体衰弱，年龄渐长，从各种生活中养成了默想与体会人生趣味的习惯；对于过去生活，有所怀疑，渐觉有努力位置自己在一陌生事业上之必要。因这憧憬的要求，胡胡涂涂的到了北京。

过北京本意是读书，但到了那地方，才知道任何处皆缺少不花钱可读书的学校，故只在北京小公寓中住下。最先写文章是在北京《晨报》的“北京”栏得到发表的机会。那里只需要一个滑稽的天分就容易办好的。第一次用一个别名写的短文，报酬为书券五角。

后得与郁达夫、林宰平、徐志摩、陈通伯等认识，发表创作于《晨报副刊》《现代评论》两刊物上面。近来小说则常登载于《小说月报》

与《新月杂志》上面。六年创作生活把创作集印成为单行本小册子约有四十种。但这些作品在自己看来，皆认为仅只为向一个完全努力意义所留下的构图习作，毫无可矜持的一篇文章存在的。

现在以无所属那种个人态度，仍然继续写作。还在吴淞中国公学教了点书，年纪是二十八岁。

一九三〇年三月二日

目录

第一辑

- 边城

导读

易碎的梦

四川大学文学博士　胡余龙

沈从文生长于湖南西部的一座小城里，即便是后来离开故乡，他的记忆也始终停留在那片如诗如画的土地上。在这一辑里，作者以优美而感伤的笔调，书写了茶峒边城的一出爱情故事：天保、傩送两兄弟同时爱上了翠翠，无奈天意弄人，一个死去、一个远走，独留翠翠一人在渡头等候。

《边城》是一幅隽洁的画卷，也是一首凄美的挽歌！在这里，一条河、一座山、一条渡船就构成了一种生活，一位老人、一个女孩、一只黄狗就组成了一方小世界。这里的景致是这般迷人，也这般令人不安。因为越是美丽的，越容易破碎消殒。“月光如银子，无处不可照及，山上篁竹在月光下皆成为黑色”，或许连银月、青山、细竹都在为翠翠的身世与经历叹惋流泪吧。“这个人也许永远不回来了，也许‘明天’回来！”这一信念支撑着翠翠等下去，也支撑着她活下去。这或许也是作家本人对于业已消逝的故乡的最后执念吧。

读沈从文的《边城》，其实就是在读作者对于故乡的眷恋。故乡并非尽善尽美，也有落后与野蛮，但作者是如此热爱这片土地，连批评里也饱含着深情。沈从文就是这样一位诚挚而又天真的“乡下人”！他把所有的年少回忆都融进自己的作品里，带着读者一起走在茶峒城边，一起瞭望白色小塔，一起沉浸在美好而易碎的梦里。

边城

一

由四川过湖南去，靠东有一条官路。这官路将近湘西边境到了一个地方名为“茶峒”的小山城时，有一小溪，溪边有座白色小塔，塔下住了一户单独的人家。这人家只一个老人，一个女孩子，一只黄狗。

小溪流下去，绕山岨[①]流，约三里便汇入茶峒大河。人若过溪越小山走去，则只一里路就到了茶峒城边。溪流如弓背，山路如弓弦，故远近有了小小差异。小溪宽约廿丈，河床为大片石头作成。静静的河水即或深到一篙不能落底，却依然清澈透明，河中游鱼来去皆可以计数。小溪既为川湘来往孔道，限于财力不能搭桥，就安排了一只方头渡船。这渡船一次连人带马，约可以载二十位搭客过河，人数多时则反复来去。渡船头竖了一根小小竹竿，挂着一个可以活动的铁环，溪岸两端水面横牵了一段废缆，有人过渡时，把铁环挂在废缆上，船上人就引手攀缘那条缆索，慢慢的牵船过对岸去。船将拢岸时，管理这渡船的，一面口中嚷着“慢点慢点”，自己霍的跃上了岸，拉着铁环，于是人货牛马全上了岸，翻过小山不见了。渡头为公家所有，故过渡人不必出钱。有人心中不安，抓了一把钱掷到船板上时，管渡船的必为一一拾起，依然塞到那人手心里去，俨然吵嘴时的认真神气：“我有了口粮，三斗米，七百钱，够了。谁要这个！”

但不成，凡事求个心安理得，出气力不受酬谁好意思，不管如何还是有人要把钱的。管船人却情不过，也为了心安起见，便把这些钱托人到茶峒去买茶叶和草烟，将茶峒出产的上等草烟，一扎一扎挂在自己腰带边，过渡的谁需要这东西必慷慨奉赠。有时从神气上估计那远路人对

① 岨（jū）：指上面有土的石山或上面有石的土山。

于身边草烟引起了相当的注意时，这弄渡船的便把一小束草烟扎到那人包袱上去，一面说："大哥，不吸这个吗？这好的，这妙的，看样子不成材，巴掌大叶子，味道蛮好，送人也很合式！"茶叶则在六月里放进大缸里去，用开水泡好，给过路人随意解渴。

管理这渡船的，就是住在塔下的那个老人。活了七十年，从二十岁起便守在这小溪边，五十年来不知把船来去渡了若干人。年纪虽那么老了，骨头硬硬的，本来应当休息了，但天不许他休息，他仿佛便不能够同这一分生活离开。他从不思索自己职务对于本人的意义，只是静静的很忠实的在那里活下去。代替了天，使他在日头升起时，感到生活的力量，当日头落下时，又不至于思量与日头同时死去的，是那个伴在他身旁的女孩子。他唯一的朋友是一只渡船与一只黄狗，唯一的亲人便只那个女孩子。

女孩子的母亲，老船夫的独生女，十五年前同一个茶峒军人唱歌相熟后，很秘密的背着那忠厚爸爸发生了暧昧关系。有了小孩子后，这屯戍兵士便想约了她一同向下游逃去。但从逃走的行为上看来，一个违悖了军人的责任，一个却必得离开孤独的父亲。经过一番考虑后，屯戍兵见她无远走勇气，自己也不便毁去作军人的名誉，就心想：一同去生既无法聚首，一同去死应当无人可以阻拦，首先服了毒。女的却关心腹中的一块肉，不忍心，拿不出主张。事情业已为作渡船夫的父亲知道，父亲却不加上一个有分量的字眼儿，只作为并不听到过这事情一样，仍然把日子很平静的过下去。女儿一面怀了羞惭，一面却怀了怜悯，仍旧守在父亲身边。待到腹中小孩生下后，却到溪边故意吃了许多冷水死去了。在一种奇迹中，这遗孤居然已长大成人，一转眼间便十三岁了。为了住处两山多篁竹，翠色逼人而来，老船夫随便给这可怜的孤雏拾取了一个近身的名字，叫作"翠翠"。

翠翠在风日里长养着，故把皮肤变得黑黑的，触目为青山绿水，故眸子清明如水晶。自然既长养她且教育她，为人天真活泼，处处俨然如一只小兽物。人又那么乖，如山头黄麂一样，从不想到残忍事情，从不发愁，从不动气。平时在渡船上遇陌生人对她有所注意时，便把光光的眼睛瞅着那陌生人，作成随时皆可举步逃入深山的神气，但明白了面前的人无机心后，就又从从容容的在水边玩耍了。

老船夫不论晴雨，必守在船头。有人过渡时，便略弯着腰，两手缘引了竹缆，把船横渡过小溪。有时疲倦了，躺在临溪大石上睡着了，人在隔岸招手喊过渡，翠翠不让祖父起身，就跳下船去，很敏捷的替祖父把路人渡过溪，一切皆溜刷[①]在行，从不误事。有时又与祖父黄狗一同在船上，过渡时与祖父一同动手牵缆索。船将近岸边，祖父正向客人招呼："慢点，慢点"时，那只黄狗便口衔绳子，最先一跃而上，且俨然懂得如何方为尽职似的，把船绳紧衔着拖船拢岸。

风日清和的天气，无人过渡，镇日[②]长闲，祖父同翠翠便坐在门前大岩石上晒太阳。或把一段木头从高处向水中抛去，嗾使身边黄狗从岩石高处跃下，把木头衔回来。或翠翠与黄狗皆张着耳朵，听祖父说些城中多年以前的战争故事。或祖父同翠翠两人，各把小竹作成的竖笛，逗在嘴边吹着迎亲送女的曲子。过渡人来了，老船夫放下了竹管，独自跟到船边去，横溪渡人，在岩上的一个，见船开动时，于是锐声喊着：

"爷爷，爷爷，你听我吹——你唱！"

爷爷到溪中央便很快乐的唱起来，哑哑的声音同竹管声，振荡在寂静空气里，溪中仿佛也热闹了些。实则歌声的来复，反而使一切更寂静。

有时过渡的是从川东过茶峒的小牛，是羊群，是新娘子的花轿，翠翠必争着作渡船夫，站在船头，懒懒的攀引缆索，让船缓缓的过去。牛羊花轿上岸后，翠翠必跟着走，送队伍上山，站到小山头，目送这些东西走去很远了，方回转船上，把船牵靠近家的岸边。且独自低低的学小羊叫着，学母牛叫着，或采一把野花缚在头上，独自装扮新娘子。

---

① 溜刷：方言，熟练的意思。

② 镇日：整日，从早到晚一整天。

茶峒山城只隔渡头一里路，买油买盐时，逢年过节祖父得喝一杯酒时，祖父不上城，黄狗就伴同翠翠入城里去备办东西。到了卖杂货的铺子里，有大把的粉条，大缸的白糖，有炮仗，有红蜡烛，莫不给翠翠一种很深的印象，回到祖父身边，总把这些东西说个半天。那里河边还有许多船，比起渡船来全大得多，有趣味得多，翠翠也不容易忘记。

二

茶峒地方凭水依山筑城，近山一面，城墙俨然如一条长蛇，缘山爬去。临水一面则在城外河边留出余地设码头，湾泊小小篷船。船下行时运桐油、青盐、染色的五棓子。上行则运棉花、棉纱以及布匹、杂货同海味。贯串各个码头有一条河街，人家房子多一半着陆，一半在水，因为余地有限，那些房子莫不设有吊脚楼。河中涨了春水，到水脚逐渐进街后，河街上人家，便各用长长的梯子，一端搭在自家屋檐口，一端搭在城墙上，人人皆骂着嚷着，带了包袱、铺盖、米缸，从梯子上进城里去，等待水退时，方又从城门口出城。某一年水若来得特别猛一些，沿河吊脚楼，必有一处两处为大水冲去，大家皆在城上头呆望。受损失的也同样呆望着，对于所受的损失仿佛无话可说，与在自然安排下，眼见其他无可挽救的不幸来时相似。涨水时在城上还可望着骤然展宽的河面，流水浩浩荡荡，随同山水从上游浮沉而来的有房子、牛、羊、大树。于是在水势较缓处，税关趸船[①]前面，便常常有人驾了小舢板，一见河心浮沉而来的是一匹牲畜，一段小木，或一只空船，船上有一个妇人或一个小孩哭喊的声音，便急急的把船桨去，在下游一些迎着了那个目的物，把它用长绳系定，再向岸边桨去。这些勇敢的人，也爱利，也仗义，同一般当地人相似。不拘救人救物，却同样在一种愉快冒险行为

① 趸（dǔn）船：固定在码头或岸边的矩形平底船，用于船舶停靠、上下旅客、装卸货物。

中，做得十分敏捷勇敢，使人见及不能不为之喝彩。

那条河水便是历史上知名的酉水，新名字叫作白河。白河到辰州与沅水汇流后，便略显浑浊，有出山泉水的意思。若溯流而上，则三丈五丈的深潭皆清澈见底。深潭中为白日所映照，河底小小白石子，有花纹的玛瑙石子，全看得明明白白。水中游鱼来去，皆如浮在空气里。两岸多高山，山中多可以造纸的细竹，长年作深翠颜色，迫人眼目。近水人家多在桃杏花里，春天时只需注意，凡有桃花处必有人家，凡有人家处必可沽酒。夏天则晒晾在日光下耀目的紫花布衣裤，可以作为人家所在的旗帜。秋冬来时，人家房屋在悬崖上的，滨水的，无不朗然入目。黄泥的墙，乌黑的瓦，位置却永远那么妥帖，且与四围环境极其调和，使人迎面得到的印象，实在非常愉快。一个对于诗歌图画稍有兴味的旅客，在这小河中，蜷伏于一只小船上，作三十天的旅行，必不至于感到厌烦。正因为处处有奇迹可以发现，自然的大胆处与精巧处，无一地无一时不使人神往倾心。

白河的源流，从四川边境而来，从白河上行的小船，春水发时可以直达川属的秀山。但属于湖南境界的，茶峒算是最后一个水码头。这条河水的河面，在茶峒时虽宽约半里，当秋冬之际水落时，河床流水处还不到二十丈，其余只是一滩青石。小船到此后，既无从上行，故凡川东的进出口货物，皆从这地方落水起岸。出口货物俱由脚夫用桑木扁担压在肩膊上挑抬而来，入口货物莫不从这地方成束成担的用人力搬去。

这地方城中只驻扎一营由昔年绿营屯丁改编而成的戍兵，及五百家左右的住户。（**这些住户中，除了一部分拥有了些山田同油坊，或放账屯油、屯米、屯棉纱的小资本家外，其余多数皆为当年屯戍来此有军籍的人家。**）地方还有个厘金局，办事机关在城外河街下面小庙里，局长则长任城中。一营兵士驻扎老参将衙门，除了号兵每天上城吹号玩，使人知道这里还驻有军队以外，兵士皆仿佛并不存在。冬天的白日里，到城里去，便只见各处人家门前皆晾晒有衣服同青菜。红薯多

带藤悬挂在屋檐下。用棕衣作成的口袋，装满了栗子、榛子和其他硬壳果，也多悬挂在檐口下。屋角隅各处有大小鸡叫着玩着。间或有什么男子，占据在自己屋前门限上锯木，或用斧头劈树，把劈好的柴堆到敞坪里去如一座一座宝塔。又或可以见到几个中年妇人，穿了浆洗得极硬的蓝布衣裳，胸前挂有白布扣花围裙，躬着腰在日光下一面说话一面作事。一切总永远那么静寂，所有人民每个日子皆在这种不可形容的单纯寂寞里过去。一分安静增加了人对于“人事”的思索力，增加了梦。在这小城中生存的，各人自然也一定皆各在分定一份日子里，怀了对于人事爱憎

必然的期待。但这些人想些什么？谁知道。住在城中较高处，门前一站便可以眺望对河以及河中的景致，船来时，远远的就从对河滩上看着无数纤夫。那些纤夫也有从下游地方，带了细点心洋糖之类，拢岸时却拿进城中来换钱的。船来时，小孩子的想象，应当在那些拉船人一方面。大人呢，孵一窠小鸡，养两只猪，托下行船夫打付金耳环，带两丈官青布，或

一坛好酱油，一个双料的美孚灯罩回来，便占去了大部分作主妇的心了。

这小城里虽那么安静和平，但地方既为川东商业交易接头处，故城外小小河街，情形却不同了一点。也有商人落脚的客店，坐镇不动的理发馆。此外饭店、杂货铺、油行、盐栈、花衣庄，莫不各有一种地位，装点了这条河街。还有卖船上檀木活车、竹缆与锅罐铺子，介绍水手职业吃码头饭的人家。小饭店门前长案上，常有煎得焦黄的鲤鱼豆腐，身上装饰了红辣椒丝，卧在浅口钵头里。钵旁大竹筒中插着大把朱红筷子，不拘谁个愿意花点钱，这人就可以傍了门前长案坐下来，抽出一双筷子捏到手上，那边一个眉毛扯得极细脸上擦了白粉的妇人，就走过来问："大哥，副爷，要甜酒？要烧酒？"男子火焰高一点的，谐趣的，对内掌柜有点意思的，必故意装成生气似的说："吃甜酒？又不是小孩子，还问人吃甜酒！"那么，酽冽的烧酒，从大瓮里用木滤子舀出，倒进土碗里，即刻就来到身边案桌上了。这烧酒自然是浓而且香的，能醉倒一个汉子的，所以照例也不会多吃。杂货铺卖美孚油，及点美孚油的洋灯与香烛纸张。油行屯桐油。盐栈堆四川火井出的青盐。花衣庄则有白棉纱、大布、棉花以及包头的黑绉绸出卖。卖船上用物的，百物罗列，无所不备，且间或有重至百斤以外的铁锚，搁在门外路旁，等候主顾问价的。专以介绍水手为事业，吃水码头饭的，在河街的家中，终日大门必敞开着，常有穿青羽缎马褂的船主与毛手毛脚的水手进出，地方像茶馆却不卖茶，不是烟馆又可以抽烟。来到这里的，虽说所谈的是船上生意经，然而船只的上下，划船拉纤人大都有个一定规矩，不必作数目上的讨论。他们来到这里大多数倒是在"联欢"。以"龙头管事"作中心，谈论点本地时事，两省商务上情形，以及下游的"新闻"。邀会的，集款时大多数皆在此地；扒骰子看点数多少轮作会首时，也常常在此举行。真真成为他们生意经的，有两件事：买卖船只，买卖媳妇。

大都市随了商务发达而产生的某种寄食者，因为商人的需要，水手的需要，这小小边城的河街，也居然有那么一群人，聚集在一些有吊脚楼的人家。这种小妇人不是从附近乡下弄来，便是随同川军来湘流落后的妇人，穿了假洋绸的衣服，印花标布的袴子，把眉毛扯得成一条细线，大大的发髻上敷了香味极浓俗的油类。白日里无事，就坐在门口小凳子上做鞋子，在鞋尖上用红绿丝线挑绣双凤，一面看过往行人，消磨长日。或靠在临河窗口上看水手起货，听水手爬桅子唱歌。到了晚间，却轮流的接待商人同水手，切切实实尽一个妓女应尽的义务。

由于边地的风俗淳朴，便是作妓女，也永远那么浑厚，遇不相熟的主顾，做生意时得先交钱，数目弄清楚后，再关门撒野。人既相熟后，钱便在可有可无之间了。妓女多靠四川商人维持生活，但恩情所结，却多在水手方面。感情好的，别离时互相咬着嘴唇咬着颈脖发了誓，约好了“分手后各人皆不许胡闹”；四十天或五十天，在船上浮着的那一个，同在岸上蹲着的这一个，便皆呆着打发这一堆日子，尽把自己的心紧紧缚定远远的一个人。尤其是妇人，情感真挚痴到无可形容，男子过了约定时间不回来，做梦时，就总常常梦船拢了岸，那一个人摇摇荡荡的从船跳板到了岸上，直向身边跑来。或日中有了疑心，则梦里必见那个男子在桅子上向另一方面唱歌，却不理会自己。性格弱一点儿的，接着就在梦里投河吞鸦片烟，性格强一点儿的，便手执菜刀，直向那水手奔去。他们生活虽那么同一般社会疏远，但是眼泪与欢乐，在一种爱憎得失间，揉进了这些人生命里时，也便同另外一片土地另外一些人相似，全个身心为那点爱憎所浸透，见寒作热，忘了一切。若有多少不同处，不过是这些人更真切一点，也更于糊涂一点罢了。短期的包定，长期的嫁娶，一时间的关门，这些关于一个女人身体上的交易，由于民情的淳朴，身当其事的不觉得如何下流可耻，旁观者也就从不用读书人的观念，加以指摘与轻视。这些人既重义轻利，又能守信自约，即便是娼妓，也常常较之知羞耻的城市中人还更可信任。

掌水码头的名叫顺顺，一个前清时便在营伍中混过日子来的人物，革命时在著名的陆军四十九标[①]做个什长[②]。同样做什长的，有因革命成了伟人名人的，有杀头碎尸的，他却带着少年喜事得来的脚疯痛，回到了家乡，把所积蓄的一点钱，买了一条六桨白木船，租给一个穷船主，代人装货在茶峒与辰州之间来往。气运好，半年之内船不坏事，于是他从所赚的钱上，又讨了一个略有产业的白脸黑发小寡妇。因此一来，数年后，在这条河上，他就有了八只船，一个妻子，两个儿子了。

但这个大方洒脱的人，事业虽十分顺手，却因欢喜交朋结友，慷慨而又能济人之急，便不能同贩油商人一样大大发作起来。自己既在粮子[③]里混过日子，明白出门人的甘苦，理解失意人的心情，故凡船只失事破产的船家，过路的退伍兵士，游学文墨人，凡到了这个地方，闻名求助的，莫不尽力帮助。一面从水上赚来钱，一面就这样洒脱散去。这人虽然脚上有点小毛病，还能泅水；走路难得其平，为人却那么公正无私。水面上各事原本极其简单，一切都为一个习惯所支配，谁个船碰了头，谁个船妨害了别一人别一只船的利益，照例有习惯方法来解决。惟运用这种习惯规矩排调一切的，必需一个高年硕德的中心人物。某年秋天，那原来执事的人死去了，顺顺作了这样一个代替者。那时他还只五十岁，为人既明事明理，正直和平，又不爱财，故无人对他年龄怀疑。

到如今，他的儿子大的已十六岁，小的已十四岁。两个年青人皆结实如小公牛，能驾船，能泅水，能走长路。凡从小乡城里出身的年青人所能够作的事，他们无一不作，作去无一不精。年纪较长的，性情如他们爸爸一样，豪放豁达，不拘常套小节。年幼的则气质近于那个

① 标：清末陆军编制之一，相当于后来的团。
② 什长：旧时的一种军衔。
③ 粮子：指当兵的人。

白脸黑发的母亲，不爱说话，眼眉却秀拔出群，一望即知其为人聪明而又富于感情。

两兄弟既年已长大，必需在各一种生活上来训练他们的人格，作父亲的就轮流派遣两个小孩子各处旅行。向下行船时，多随了自己的船只充伙计，甘苦与人相共。荡桨时选最重的一把，背纤时拉头纤二纤，吃的是干鱼、辣子、臭酸菜，睡的是硬邦邦的舱板。向上行从旱路走去，则跟了川东客货，过秀山、龙潭、酉阳作生意，不论寒暑雨雪，必穿了草鞋按站赶路。且佩了短刀，遇不得已必需动手，便霍的把刀抽出，站到空阔处去，等候对面的一个，继着就同这个人用肉搏来解决。帮里的风气，既为“对付仇敌必需用刀，联结朋友也必需用刀”，故需要刀时，他们也就从不让它失去那点机会。学贸易，学应酬，学习到一个新地方去生活，且学习用刀保护身体同名誉，教育的目的，似乎在使两个孩子学得做人的勇气与义气。一分教育的结果，弄得两个人皆结实如老虎，却又和气亲人，不骄惰，不浮华，不倚势凌人。故父子三人在茶峒边境上为人所提及时，人人对这个名姓无不加以一种尊敬。

作父亲的当两个儿子很小时，就明白大儿子一切与自己相似，却稍稍见得溺爱那第二个儿子。由于这点不自觉的私心，他把长子取名天保，次子取名傩送。天保佑的在人事上或不免有龃龉处，至于傩神[①]所送来的，照当地习气，人便不能稍加轻视了。傩送美丽得很。茶峒船家人拙于赞扬这种美丽，只知道为他取出一个诨名为“岳云”。虽无什么人亲眼看到过岳云，一般的印象，却从戏台上小生岳云，得来一个相近的神气。

三

两省接壤处，十余年来主持地方军事的，注重在安辑保守，处置极

① 傩（nuó）神：驱除瘟疫的神。

其得法，并无变故发生。水陆商务既不至于受战争停顿，也不至于为土匪影响，一切莫不极有秩序，人民也莫不安分乐生。这些人，除了家中死了牛，翻了船，或发生别的死亡大变，为一种不幸所绊倒，觉得十分伤心外，中国其他地方正在如何不幸挣扎中的情形，似乎就永远不曾为这边城人民所感到。

边城所在一年中最热闹的日子，是端午、中秋和过年。三个节日过去三五十年前，如何兴奋了这地方人，直到现在，还毫无什么变化，仍就是那地方居民最有意义的几个日子。

端午日，当地妇女小孩子，莫不穿了新衣，额角上用雄黄蘸酒画了个王字。任何人家到了这天必可以吃鱼吃肉。大约上午十一点钟左右，全茶峒人就吃了午饭，把饭吃过后，在城里住家的，莫不倒锁了门，全家出城到河边看划船。河街有熟人的，可到河街吊脚楼门口边看，不然就站在税关门口与各个码头上看。河中龙船以长潭某处作起点，税关前作终点作比赛竞争。因为这一天军官、税官以及当地有身分的人，莫不

在税关前看热闹。划船的事各人在数天以前就早有了准备，分组分帮，各自选出了若干身体结实手脚伶俐的小伙子，在潭中练习进退。船只的形式，和平常木船大不相同，形体一律又长又狭，两头高高翘起，船身绘着朱红颜色长线，平常时节多搁在河边干燥洞穴里，要用它时，才拖下水去。每只船可坐十二个到十八个桨手，一个带头的，一个鼓手，一个锣手。桨手每人持一支短桨，随了鼓声缓促为节拍，把船向前划去。带头的坐在船头上，头上缠裹着红布包头，手上拿两枝小令旗，左右挥动，指挥船只的进退。擂鼓打锣的，多坐在船只的中部，船一划动便即刻蓬蓬铛铛把锣鼓很单纯的敲打起来，为划桨水手调理下桨节拍。一船快慢既不得不靠鼓声，故每当两船竞赛到剧烈时，鼓声如雷鸣，加上两岸人呐喊助威，便使人想起小说故事上梁红玉过老鹳河时水战擂鼓种种情形。凡是把船划到前面一点的，必可在税关前领赏，一匹红，一块小银牌，不拘缠挂到船上某一个人头上去，都显出这一船合作努力的光荣。好事的军人，当每次某一只船胜利时，必在水边放些表示胜利庆祝的五百响鞭炮。

赛船过后，城中的戍军长官，为了与民同乐，增加这个节日的愉快起见，便把绿头长颈大雄鸭，颈膊上缚了红布条子，放入河中，尽善于泅水的军民人等，下水追赶鸭子。不拘谁把鸭子捉到，谁就成为这鸭子的主人。于是长潭换了新的花样，水面各处是鸭子，同时各处有追赶鸭子的人。

船和船的竞赛，人和鸭子的竞赛，直到天晚方能完事。

掌水码头的龙头大哥顺顺，年青的时节便是一个泅水的高手，入水中去追逐鸭子，在任何情形下总不落空。但一到次子傩送年过十岁时，已能入水闭气氽着到鸭子身边，再忽然冒水而出，把鸭子捉到，这作爸爸的便解嘲似的向孩子们说:“好，这种事你们来作，我不必再下水了。”于是当真就不下水与人来竞争捉鸭子。但下水救人呢，当作别论。凡帮助人远离患难，便是入火，人到八十岁，也还是成为这个人一种不可逃避的责任!

天保傩送两人皆是当地泅水划船的好选手。

端午节快来了，初五划船，河街上初一开会，就决定了属于河街的那只船当天入水。天保恰好在那天应向上行，随了陆路商人过川东龙潭送节货，故参加的就只傩送。十六个结实如牛犊的小伙子，带了香、烛、鞭炮，同一个用生牛皮蒙好绘有朱红太极图的高脚鼓，到了搁船的河上游山洞边，烧了香烛，把船拖入水后，各人上了船，燃着鞭炮，擂着鼓，这船便如一枝箭似的，很迅速的向下游长潭射去。

那时节还是上午，到了午后，对河渔人的龙船也下了水，两只龙船就开始预习种种竞赛的方法。水面上第一次听到了鼓声，许多人从这鼓声中，感到了节日临近的欢悦。住临河吊脚楼对远方人有所等待，有所盼望的，也莫不因鼓声想到远人。在这个节日里，必然有许多船只可以赶回，也有许多船只只合在半路过节，这之间，便有些眼目所难见的人事哀乐，在这小山城河街间，让一些人嬉喜，也让一些人皱眉。

蓬蓬鼓声掠水越山到了渡船头那里时，最先注意到的是那只黄狗。那黄狗汪汪的吠着，受了惊似的绕屋乱走；有人过渡时，便随船渡过河东岸去，且跑到那小山头向城里一方面大吠。

翠翠正坐在门外大石上用棕叶编蚱蜢蜈蚣玩，见黄狗先在太阳下睡着，忽然醒来便发疯似的乱跑，过了河又回来，就问它骂它：

“狗，狗，你做什么！不许这样子！”

可是一会儿，那声音被她发现了，她于是也绕屋跑着，且同黄狗一块儿渡过了小溪，站在小山头听了许久，让那点迷人的鼓声，把自己带到一个过去的节日里去。

四

这是两年前的事。五月端阳，渡船头祖父找人作了替身，便带了黄狗同翠翠进城，到大河边去看划船。河边站满了人，四只朱色长船在潭中滑着，龙船水刚刚涨过，河中水皆豆绿色，天气又那么明朗，鼓声蓬蓬响着，翠翠抿着嘴一句话不说，心中充满了不可言说的快乐。河边人太多了一点，各人皆尽张着眼睛望河中，不多久，黄狗还留在身边，祖父却挤得不见了。

翠翠一面注意划船，一面心想“过不久祖父总会找来的。”但过了许久，祖父还不来，翠翠便稍稍有点儿着慌了。先是两人同黄狗进城前一天，祖父就问翠翠：“明天城里划船，倘若一个人去看，人多怕不怕？”翠翠就说：“人多我不怕，但自己只是一个人可不好玩。”于是祖父想了半天，方想起一个住在城中的老熟人，赶夜里到城里去商量，请那老人来看一天渡船，自己却陪翠翠进城玩一天。且因为那人比渡船老人更孤单，身边无一个亲人，也无一只狗，因此便约好了那人早上过家中来吃饭，喝一杯雄黄酒。第二天那人来了，吃了饭，把职务委托那人以后，翠翠等便进了城。到路上时，祖父想起什么似的，又问翠翠：“翠翠，翠翠，人那么多，好热闹，你一个人敢到河边看龙船吗？”翠翠说：“怎么不敢？可是一个人玩有什么意思。”到了河边后，长潭里的四只红船，把翠翠的注意力完全占去了，身边祖父似乎也可有可无了。祖父心想：“时间还早，到收场时，至少还得三个时刻。溪边的那个朋友，也应当来看看年青人的热闹，回去一趟，换换地位还赶得及。”因此就告翠翠：“人太多了，站在这里看，不要动，我到别处去有点事情，无论如何总赶得回来伴你回家。”翠翠正为两只竞速并进的船迷着，祖父说的话毫不思索就答应了。祖父知道黄狗在翠翠身边，也许比他自己在她身边还稳当，于是便回家看船去了。

祖父到了那渡船处时，见代替他的老朋友，正站在白塔下注意听远处鼓声。

祖父喊叫他，请他把船拉过来，两人渡过小溪仍然站到白塔下去。那人问老船夫为什么又跑回来，祖父就说想替他一会儿故把翠翠留在河边，自己赶回来，好让他也过大河边去看看热闹，且说：“看得好，就不必再回来，只须见了翠翠告她一声，翠翠到时自会回家的。小丫头不敢回家，你就伴她走走！”但那替手对于看龙船已无什么兴味，却愿意同老船夫在这溪边大石上各自再喝两杯烧酒。老船夫听说十分高兴，于是把酒葫芦取出，推给城中来的那一个。两人一面谈些端午旧事，一面喝酒，不到一会，那人却在岩石上被烧酒醉倒了。

人既醉倒后，无从入城，祖父为了责任又不便与渡船离开，留在城中河边的翠翠便不能不着急了。

河中划船的决了最后胜负后，城里军官已派人驾小船在潭中放了一群鸭子，祖父还不见来。翠翠恐怕祖父也正在什么地方等着她，因此带了黄狗向各处人丛中挤着去找寻祖父，结果还是不得祖父的踪迹。后来看看天快要黑了，军人扛了长凳出城看热闹的，皆已陆续扛了那凳子回家。潭中的鸭子只剩下三五只，捉鸭人也渐渐的少了。落日向上游翠翠家中那一方落去，黄昏把河面装饰了一层薄雾。翠翠望到这个景致，忽然起了一个怕人的想头，她想："假若爷爷死了？"

她记起祖父嘱咐她不要离开原来地方那一句话，便又为自己解释这想头的错误，以为祖父不来，必是进城去或到什么熟人处去，被人拉着喝酒，故一时不能来的。正因为这也是可能的事，她又不愿在天未断黑以前，同黄狗赶回家去，只好站在那石码头边等候祖父。

再过一会，对河那两只长船已泊到对河小溪里去不见了，看龙船的人也差不多全散了。吊脚楼有娼妓的人家，已上了灯，且有人敲小斑鼓弹月琴唱曲了。另外一些人家，又有猜拳行酒的吵嚷声音。同时停泊在吊脚楼下的一些船只，上面也有人在摆酒炒菜，把青菜萝卜之类，倒进滚热油锅里去时发出吵——的声音。河面已朦朦胧胧，看去好像只有一只白鸭在潭中浮着，也只剩一个人追着这只鸭子。

翠翠还是不离开码头，总相信祖父会来找她一起回家。

吊脚楼上唱曲子声音热闹了一些，只听到下面船上有人说话，一个水手说："金亭，你听你那婊子陪川东庄客喝酒唱曲子，我赌个手指，说这是她的声音！"另外一个水手就说："她陪他们喝酒唱曲子，心里可想我。她知道我在船上！”先前那一个又说：“心还想着你，你有什么凭据？”另一个说：“我有凭据。”于是这水手吹着唿哨，作出一个古怪的记号，一会儿，楼上歌声便停止了，两个水手皆笑了。两人接着便说了些关于那个女人的一切，使用了不少粗鄙字眼，翠翠很不习惯把这种话听下去，但又不能走开。且听水手之一说，楼上妇人的爸爸是在棉花坡被人杀死的，一共杀了十七刀。翠翠心中那个古怪的想头，“爷爷死了呢？”便仍然占据到心里有一忽儿。

两个水手还正在谈话，潭中那只白鸭慢慢的向翠翠所在的码头边游来，翠翠想：“再过来些我就捉住你！”于是静静的等着，但那鸭子将近岸边三丈远近时，却有个人笑着，喊那船上水手。原来水中还有个人，那人已把鸭子捉到手，却慢慢的“踹水”游近岸边的。船上人听到水面的喊声，在隐约里也喊道：“二老，二老，你真能干，你今天得了五只吧。”那水上人说：“这家伙狡猾得很，现在可归我了。”“你这时捉鸭子，将来捉女人，一定有同样的本领。”水上那一个不再说什么，手脚并用的拍着水傍了码头。湿淋淋的爬上岸时，翠翠身旁的黄狗，仿佛警告水中人似的，汪汪的叫了几声，那人方注意到翠翠。码头上已无别的人，那人问：

“是谁人？”

“是翠翠！”

“翠翠又是谁？”

“是碧溪岨撑渡船的孙女。”

“你在这儿做什么？”

“我等我爷爷。我等他来。”

“等他来他可不会来，你爷爷一定到城里军营里喝了酒，醉倒后被人抬回去了！”

“他不会这样子。他答应来找我，他就一定会来的。”

“这里等也不成，到我家里去，到那边点了灯的楼上去，等爷爷来找你好不好？”

翠翠误会了邀他进屋里去那个人的好意，心里记着水手说的妇人丑事，她以为那男子就是要她上有女人唱歌的楼上去，本来从不骂人，这时正因等候祖父太久了，心中焦急得很，听人要她上去，以为欺侮了她，就轻轻的说：

“悖时砍脑壳的！”

话虽轻轻的，那男的却听得出，且从声音上听得出翠翠年纪，便带笑说：“怎么，你骂人！你不愿意上去，要呆在这儿，回头水里大鱼来咬了你，可不要叫喊！”

翠翠说：“鱼咬了我也不管你的事。”

那黄狗好像明白翠翠被人欺侮了，又汪汪的吠起来。那男子把手中白鸭举起，向黄狗吓了一下，便走上河街去了。黄狗为了自己被欺侮还想追过去，翠翠便喊：“狗，狗，你叫人也看人叫！”翠翠意思仿佛只在告给狗“那轻薄男子还不值得叫”，但男子听去的却是另外一种好意，男的以为是她要狗莫向好人乱叫，放肆的笑着，不见了。

又过了一阵，有人从河街拿了一个废缆做成的火炬，喊叫着翠翠的名字来找寻她，到身边时翠翠却不认识那个人。那人说：老船夫回到家中，不能来接她，故搭了过渡人口信来告翠翠，要她即刻就回去。翠翠听说是祖父派来的，就同那人一起回家，让打火把的在前引路，黄狗时前时后，一同沿了城墙向渡口走去。翠翠一面走一面问那拿火把的人，是谁告他就知道她在河边。那人说是二老告他的，他是二老家里的伙计，送翠翠回家后还得回转河街。

翠翠说：“二老他怎么知道我在河边？”

那人便笑着说：“他从河里捉鸭子回来，在码头上见你，他说好意请你上家里坐坐，等候你爷爷，你还骂过他！你那只狗不识吕洞宾，只是叫！”

翠翠带了点儿惊讶轻轻的问：“二老是谁？”

那人也带了点儿惊讶说："二老你还不知道？就是我们河街上的傩送二老！就是岳云！他要我送你回去！"

傩送二老在茶峒地方不是一个生疏的名字！

翠翠想起自己先前骂人那句话，心里又吃惊又害羞，再也不说什么，默默的随了那火把走去。

翻过了小山岨，望得见对溪家中火光时，那一方面也看见了翠翠方面的火把，老船夫即刻把船拉过来，一面拉船一面哑声儿喊问："翠翠，翠翠，是不是你？"翠翠不理会祖父，口中却轻轻的说："不是翠翠，不是翠翠，翠翠早被大河中鲤鱼吃去了。"翠翠上了船，二老派来的人，打着火把走了，祖父牵着船问："翠翠，你怎么不答应我，生我的气了吗？"

翠翠站在船头还是不作声。翠翠对祖父那一点儿埋怨，等到把船拉过了溪，一到了家中，看明白了醉倒的另一个老人后，就完事了。但是另外一件事，属于自己不关祖父的，却使翠翠沉默了一个夜晚。

五

两年日子过去了。

这两年来两个中秋节，恰好无月亮可看，凡在这边城地方，因看月而起整夜男女唱歌的故事，皆不能如期举行，故两个中秋留给翠翠的印象，极其平淡无奇。两个新年虽照例可以看到军营里与各乡来的狮子龙灯，在小教场迎春，锣鼓喧阗很热闹。到了十五夜晚，城中舞龙耍狮子的镇筸[1]兵士，还各自赤裸着肩膊，往各处去欢迎炮仗烟火。城中军营里，税关局长公馆，河街上一些大字号，莫不头先截老毛竹筒，或镂空棕榈树根株，用洞硝拌和礶炭钢砂，一千槌八百槌把烟火

① 镇筸（gān）：凤凰县的古称。

做好。好勇取乐的军士，光赤着个上身，玩着灯打着鼓来了，小鞭炮如落雨的样子，从悬到长竿尖端的空中落到玩灯的肩背上，锣鼓催动急促的拍子，大家皆为这事情十分兴奋。鞭炮放过一阵后，用长凳脚绑着的大筒烟火，在敞坪一端燃起了引线，先是咝咝的流泻白光，慢慢的这白光便吼啸起来，作出如雷如虎惊人的声音，白光向上空冲去，高至二十丈，下落时便洒散着满天花雨。玩灯的兵士，在火花中绕着圈子，俨然毫不在意的样子。翠翠同她的祖父，也看过这样的热闹，留下一个热闹的印象，但这印象不知为什么原因，总不如那个端午所经过的事情甜而美。

翠翠为了不能忘记那件事，上年一个端午又同祖父到城边河街去看了半天船，一切玩得正好时，忽然落了行雨，无人衣衫不被雨湿透。为了避雨，祖孙二人同那只黄狗，走到顺顺吊脚楼上去，挤在一个角隅里。有人扛凳子从身边过去，翠翠认得那人正是去年打了火把送她回家的人，就告给祖父：

"爷爷，那个人去年送我回家，他拿了火把走路时，真像喽啰！"

祖父当时不作声，等到那人回头又走过面前时，就一把抓住那个人，笑嘻嘻说：

"嗨嗨，你这个喽啰！要你到我家喝一杯也不成，还怕酒里有毒，把你这个真命天子毒死！"

那人一看是守渡船的，且看到了翠翠，就笑了。"翠翠，你大长了！二老说你在河边大鱼会吃你，我们这里河中的鱼，现在吞不下你了。"

翠翠一句话不说，只是抿起嘴唇笑着。

这一次虽在这喽啰长年[①]口中听到个"二老"名字，却不曾见及这个人。从祖父与那长年谈话里，翠翠听明白了二老是在下游六百里外青浪滩过端午的。但这次不见二老却认识了大老，且见着了那个一地出

① 长年：长工。

名的顺顺。大老把河中的鸭子捉回家里后，因为守渡船的老家伙称赞了那只肥鸭两次，顺顺就要大老把鸭子给翠翠。且知道祖孙二人所过的日子，十分拮据，节日里自己不能包粽子，又送了许多三角粽。

那水上名人同祖父谈话时，翠翠虽装作眺望河中景致，耳朵却把每一句话听得清清楚楚。那人向祖父说翠翠长得很美，问过翠翠年纪，又问有不有人家。祖父则很快乐的夸奖了翠翠不少，且似乎不许别人来关心翠翠的婚事，故一到这件事便闭口不谈。

回家时，祖父抱了那只白鸭子同别的东西，翠翠打火把引路。两人沿城墙脚走去，一面是城，一面是水。祖父说："顺顺真是个好人，大方得很。大老也很好。这一家人都好！"翠翠说："一家人都好，你认识他们一家人吗？"祖父不明白这句话的意思所在，因为今天太高兴一点，便笑着说："翠翠，假若大老要你做媳妇，请人来做媒，你答应不答应？"翠翠就说："爷爷，你疯了！再说我就生你的气！"

祖父话虽不再说了，心中却很显然的还转着这些可笑的不好的念头。翠翠着了恼，把火炬向路两旁乱晃着，向前快快的走去了。

"翠翠，莫闹。我摔到河里去，鸭子会走脱的！"

"谁也不希罕那只鸭子！"

祖父明白翠翠为什么事不高兴，便唱起摇橹人驶船下滩时催橹的歌声，声音虽然哑沙沙的，字眼儿却稳稳当当毫不含糊。翠翠一面听着一面向前走去，忽然停住了发问：

"爷爷，你的船是不是正在下青浪滩呢？"

祖父不说什么，还是唱着，两人皆记起顺顺家二老的船正在青浪滩过节，但谁也不明白另外一个人的记忆所止处。祖孙二人便沉默的一直走还家中。到了渡口，那代理看船的，正把船泊在岸边等候他们。几人渡过溪到了家中，剥粽子吃。到后那人要进城去，翠翠赶即为那人点上火把，让他有火把照路。人过了小溪上小山时，翠翠同祖父在船上望着，翠翠说：

“爷爷，看喽啰上山了啊！”

祖父把手攀引着横缆，注目溪面升起的薄雾，仿佛看到了什么东西，轻轻的吁了一口气。祖父静静的拉船过对岸家边时，要翠翠先上岸去，自己却守在船边，因为过节，明白一定有乡下人从城里看龙船，还得乘黑赶回家乡。

六

白日里，老船夫正在渡船上同个卖皮纸的过渡人有所争持。一个不能接受所给的钱，一个却非把钱送给老人不可。正似乎因为那个过渡人送钱气派，使老船夫受了点压迫，这撑渡船人就俨然生气似的，迫着那人把钱收回，使这人不得不把钱捏在手里。但船拢岸时，那人跳上了码头，一手铜钱向船舱里一撒，却笑眯眯的匆匆忙忙走了。老船夫手还得拉着船让别一个人上岸，无法去追赶那个人，就喊小山头的孙女：

“翠翠，翠翠，为我拉着那个卖皮纸的小伙子，不许他走！”

翠翠不知道是怎么会事，当真便同黄狗去拦那第一个下船人。那人笑着说：

“不要拦我！……”

正说着，第二个商人赶来了，就告给翠翠是什么事情。翠翠明白了，更紧拉着卖纸人衣服不放，只说：“不许走！不许走！”黄狗为了表示同主人意见一致，也便在翠翠身边汪汪汪的吠着。其余商人皆笑着，一时不能走路。祖父气吁吁的赶来了，把钱强迫塞到那人手心里，且搭了一大束草烟到那商人的担子上去，搓着两手笑着说：“走呀！你们上路走！”那些人于是全笑着走了。

翠翠说：“爷爷，我还以为那人偷你东西同你打架！”

祖父就说：

“他送我好些钱，我绝不要这些钱！告他不要钱，他还同我吵，不讲道理！”

翠翠说：“全还给他了吗？”

祖父抿着嘴把头摇摇，闭上一只眼睛，装成狡猾得意神气笑着，把扎在腰带上留下的那枚单铜子取出，送给翠翠，且说：

“他得了我们那把烟叶，可以吃到镇筸城！”

远处鼓声又蓬蓬的响起来了，黄狗张着两个耳朵听着。翠翠问祖父，听不听到什么声音。祖父一注意，知道是什么声音了，便说：

“翠翠，端午又来了。你记不记得去年天保大老送你那只肥鸭子。早上大老同一群人上川东去，过渡时还问你。你一定忘记那次落的行雨。我们这次若去，又得打火把回家；你记不记得我们两人用火把照路回家？”

翠翠还正想起两年前的端午一切事情。但祖父一问，翠翠却微带点儿恼着的神气，把头摇摇，故意说：“我记不得，我记不得。我全记不得！”其实她那意思就是：“我怎么记不得？”

祖父明白那话里意思，又说：“前年还更有趣，你一个人在河边等我，差点儿不知道回来，天夜了，我还以为大鱼会吃掉你！”

提起旧事，翠翠嗤的笑了。

“爷爷，你还以为大鱼会吃掉我？是别人家说我，我告给你的！你那天只是恨不得让城中的那个爷爷把装酒的葫芦吃掉！你这种人，好记性！”

“我人老了，记性也坏透了。翠翠，现在你人长大了，一个人一定敢上城去看船不怕鱼吃掉你了。”

“人大了就应当守船呢。”

“人老了才应当守船。”

“人老了应当歇憩！”

“你爷爷还可以打老虎，人不老！”祖父说着，于是，把膀子弯曲起来，努力使筋肉在局束中显得又有力又年青，且说：“翠翠，你不信，你咬。”

翠翠睨着腰背微驼的祖父，不说什么话。远处有吹唢呐的声音。她知道那是什么事情，且知道唢呐方向。要祖父同她下了船，把船拉过家中那边岸旁去。为了想早早的看到那迎婚送亲的喜轿，翠翠还爬到屋后塔下去眺望。过不久，那一伙人来了，两个吹唢呐的，四个强壮乡下汉子，一顶空花轿，一个穿新衣的团总儿子模样的青年，另外还有两只羊，一个牵羊的孩子，一坛酒，一盒糍粑，一个担礼物的人，一伙人上了渡船后，翠翠同祖父也上了渡船，祖父拉船，那翠翠却傍花轿站定，去欣赏每一个人的脸色与花轿上的流苏。拢岸后，团总儿子模样的人，从扣花抱肚里掏出了一个小红纸包封，递给老船夫。这是当地规矩，祖父再不能说不接收了。但得了钱祖父却说话了，问那个人，新娘是什么地方人，明白了，又问姓什么，明白了，又问多大年纪，一起皆弄明白了，吹唢呐的一上岸后，又把唢呐呜呜喇喇吹起来，一行人便翻山走了。祖父同翠翠留在船上，感情仿佛皆追着那唢呐声音走去，走了很远的路方回到自己身边来。

祖父掂着那红纸包封的分量说：“翠翠，宋家堡子里新嫁娘还只十五岁。”

翠翠明白祖父这句话的意思所在，不作理会，静静的把船拉动起来。

到了家边，翠翠跑还家中去取小小竹子做的双管唢呐，请祖父坐在船头吹“娘送女”曲子给她听，她却同黄狗躺到门前大岩石上荫处看天上的云。白日渐长，不知什么时节，祖父睡着了，翠翠同黄狗也睡着了。

七

到了端午，祖父同翠翠在三天前业已预先约好，祖父守船，翠翠同黄狗过顺顺吊脚楼去看热闹。翠翠先不答应，后来答应了。但过了一天，翠翠又翻悔回来，以为要看两人去看，要守船两人守船。祖父明白那个意思，是翠翠玩心与爱心相战争的结果。为了祖父的牵绊，应当玩的也无法去玩，这不成！祖父含笑说："翠翠，你这是为什么？说定了的又翻悔，同茶峒人平素品德不相称。我们应当说一是一，不许三心二意。我记性并不坏到这样子，把你答应了我的即刻忘掉！"祖父虽那么说，很显然的事，祖父对于翠翠的打算是同意的。但人太乖巧，祖父有点愀然不乐了。见祖父不再说话，翠翠就说："我走了，谁陪你？"

祖父说："你走了，船陪我。"

翠翠把一对眉毛皱拢去苦笑着："船陪你，嗨，嗨，船陪你。"

祖父心想："你总有一天会要走的。"但不敢提起这件事。祖父一时无话可说，于是走过屋后塔下小圃里去看葱，翠翠跟过去。

"爷爷，我决定不去，要去让船去，我替船陪你！"

"好，翠翠，你不去我去，我还得戴了朵红花，装老太婆去见世面！"

两人皆为这句话笑了许久。所争持的事，不求结论了。

祖父理葱，翠翠却摘了一根大葱吹着，有人在东岸喊过渡，翠翠不让祖父占先，便忙着跑下去，跳上了渡船，援着横溪缆子拉船过溪去接人。一面拉船一面喊祖父：

"爷爷，你唱，你唱！"

祖父不唱，却只站在高岩上望翠翠，把手摇着，一句话不说。

祖父有点心事。

翠翠一天比一天大了，无意中提到什么时，会红脸了。时间在成长她，似乎正催促她，使她在另外一件事情上负点儿责。她欢喜看扑粉满脸的新嫁娘，欢喜述说关于新嫁娘的故事，欢喜把野花戴到头上去，还欢喜听人唱歌。茶峒人的歌声，缠绵处她已领略得出。她有时仿佛孤独了一点，爱坐在岩石上去，向天空一片云一颗星凝眸。祖父若问："翠翠，想什么？"她便带着点儿害羞情绪，轻轻的说："翠翠不想什么"。

但在心里却同时又自问："翠翠，你想什么？"同时自己也就在心里答着："我想的很远，很多。可是我不知想些什么。"她的确在想，又的确连自己也不知在想些什么。这女孩子身体既发育得很完全，在本身上因年龄自然而来的一件"奇事"，到月就来，也使她多了些思索。

祖父明白这类事情对于一个女子的影响，祖父心情也变了些。祖父是一个在自然里活了七十年的人，但在人事上的自然现象，就有了些不能安排处。因为翠翠的长成，使祖父记起了些旧事，从掩埋在一大堆时间里的故事中重新找回了些东西。

翠翠的母亲，某一时节原同翠翠一个样子，眉毛长，眼睛大，皮肤红红的，也乖得使人怜爱——也懂在一些小处，起眼动眉毛，机伶懂事，使家中长辈快乐。也仿佛永远不会同家中这一个分开。但一点不幸来了，她认识了那个兵。到末了丢开老的和小的，却陪了那个兵死了。这些事从老船夫说来谁也无罪过，只应"天"去负责。翠翠的祖父口中不怨天，心中却不能完全同意这种不幸的安排。到底还像年青人，说是放下了，也正是不能放下的莫可奈何容忍到的一件事。

并且那时有个翠翠。如今假如翠翠又同妈妈一样，老船夫的年龄，还能把小雏儿再抚育下去吗？人愿意的事神却不同意！人太老了，应当休息了，凡是一个良善的中国乡下人，一生中生活下来所应得到的劳苦与不幸，业已全得到了。假若另外高处有一个上帝，这上帝且有一双手支配一切，很明显的事，十分公道的办法，是应当把祖父先收回去，再来让那个年青的在新的生活上得到应分接受那一份的。

可是祖父并不那么想。他为翠翠担心。有时便躺到门外岩石上，对着星子想他的心事。他以为死是应当快到了的，正因为翠翠人已长大了，证明自己也真正老了。可是无论如何，得让翠翠有个着落。翠翠既是她那可怜的母亲交把他的，翠翠大了，他也得把翠翠交给一个人，他的事才算完结！翠翠应分交给谁？必需什么样的人方不委屈她？

前几天顺顺家天保大老过溪时，同祖父谈话，这心直口快的青年人，第一句话就说：

“老伯伯，你翠翠长得真标致，像个观音样子。再过两年，若我有闲空能留在茶峒照料事情，不必像老鸦成天到处飞，我一定每夜到这溪边来为翠翠唱歌。”

祖父用微笑奖励这种自白。一面把船拉动，一面把那双小眼睛瞅着大老。意思好像说，你的傻话我全明白，我不生气，你尽管说下去，看你还有什么要说。

于是大老又说：

“翠翠太娇了，我担心她只宜于听点茶峒人的歌声，不能作茶峒女子做媳妇的一切正经事。我要个能听我唱歌的情人，却更不能缺少个照料家务的媳妇。‘又要马儿不吃草，又要马儿走得好，’唉，这两句话恰是古人为我说的！”

祖父慢条斯理把船转了头，让船尾傍岸，就说：

“大老，也有这种事儿！你瞧着吧。”

那青年走去后，祖父温习着那些出于一个男子口中的真话，实在又愁又喜。翠翠若应当交把一个人，这个人是不是适宜于照料翠翠？当真交把了他，翠翠是不是愿意？

八

初五大清早落了点毛毛雨，河上游且涨了点“龙船水”，河水已变作豆绿色。祖父上城买办过节的东西，戴了个粽粑叶“斗篷”，携带了一个篮子，一个装酒的大葫芦，肩头上挂了个褡裢，其中放了一吊六百制钱，就走了。因为是节日，这一天从小村小寨带了铜钱担了货物上城去办货掉货的极多，这些人起身也极早，故祖父走后，黄狗就伴同翠翠守船。翠翠头上戴了一个崭新的斗篷，把过渡人一趟一趟的送来送去。黄狗坐在船头，每当船拢岸时必先跳上岸边去衔绳头，引起每个过渡人的兴味。有些过渡乡下人也携了狗上城，照例如俗话说的，“狗离不得屋”，这些狗一离了自己的家，即或傍着主人，也变得非常老实了。到过渡时，翠翠的狗必走过去嗅嗅，从翠翠方面讨取了一个眼色，似乎明白翠翠的意思的就不敢有什么举动。直到上岸后，把拉绳子的事情作完，眼见到那只陌生的狗上小山去了，也必跟着追去。或者向狗主人轻轻吠着，或者逐着那陌生的狗，必得翠翠带点儿嗔恼的嚷着：“狗，狗，你狂什么？还有事情做，你就跑呀！”于是这黄狗赶快跑回船上来，且依然满船闻嗅不已。翠翠说：“这算什么轻狂举动！跟谁学得的？还不好好蹲到那边去！”狗俨然极其懂事，便即刻到它自己原来地方去，只间或又像想起什么心事似的，轻轻的吠几声。

雨落个不止，溪面一片烟。翠翠在船上无事可作时，便算着老船夫的行程。她知道他这一去应在什么地方碰到什么人，谈些什么话，这一天城门边应当是些什么情形，河街上应当是些什么情形，“心中一本册”，她完全如同亲眼见到的那么明明白白。她又知道祖父的脾气，一见城中相熟粮子上人物，不管是马夫火夫，总会把过节时应有的颂祝说出。这边说，“副爷，你过节吃饱喝饱！”那一个便也将说，“划船的，你吃饱喝饱！”这边如果说着如上的话，那边人说，“有什么可以吃饱喝饱？四两肉，两碗酒，既不会饱也不会醉！”那么，祖父必很诚实邀请这熟人过碧溪岨喝个够量。倘若有人当时就想喝一口祖父葫芦中的酒，这老船夫也从不吝啬，必很快的就把葫芦递过去。酒喝过后，那兵营中人卷舌子舔着嘴唇，称赞酒好，于是又必被勒迫着喝第二口。酒在这种情形下少起来了，就又跑到原来铺上去，加满为止。翠翠且知道祖父还会到码头上去同刚拢岸一天两天的上水船水手谈谈话，问问下河的米价盐价，有时且弯着腰钻进那带有海带鱿鱼味，以及其他油味、醋味、柴烟味的船舱里去，水手们从小坛中抓出一把红枣，递给老船夫，过一阵，等到祖父回家被翠翠埋怨时，这红枣便成为祖父与翠翠和解的工具。祖父一到河街上，且一定有许多铺子上商人送他粽子与其他东西，作为对这个忠于职守的划船人一点敬意，祖父虽笑嚷着“我带了那么一大堆，回去会把老骨头压断”，可是不管如何，这些东西多少总得领点情。走到卖肉案桌边去，他想买肉，人家却照例不愿接钱。屠户若不接钱，他却宁可到另外一家去，决不想沾那点便宜。那屠户说，“爷爷，你为人那么硬算什么？又不是要你去做犁口耕田！”但不行，他以为这是血钱，不比别的事情，你不收钱他会把钱预先算好，猛的把钱掷到大而长的钱筒里去，攫了肉就走去的。卖肉的明白他那种性情，到他称肉时总选取最好的一处，并且把分量故意加多，他见及时却将说：“喂喂，大老板，我不要你那些好处！腿上的肉是城里人炒鱿鱼肉丝用的肉，莫同我开玩笑！我要夹项肉，我要浓的，糯的，我是个划船人，我要拿去炖胡萝卜喝酒的！”得了肉，把钱交过手时，自己先数一次，又嘱咐屠户再数，屠户却照例不理会他，把一手钱哗的向长竹筒口丢去，他于是简直是妩媚的微笑着走了。屠户与其他买肉人，见到他这种神气，必笑个不止。……

翠翠还知道祖父必到河街上顺顺家里去。

翠翠温习着两次过节两个日子所见所闻的一切，心中很快乐，好像目前有一个东西，同早间在床上闭了眼睛所看到那种捉摸不定的黄葵花一样，这东西仿佛很明朗的在眼前，却看不准，抓不住。

翠翠想：“白鸡关真出老虎吗？”她不知道为什么忽然想起白鸡关。白鸡关是酉水中部一个地名，离茶峒两百多里路！

于是又想：“三十二个人摇六匹橹，上水走风时张起个大篷，一百幅白布拼成的一片东西，坐在这样大船上过洞庭湖，多可笑……”她不明白洞庭湖有多大，也就从不见过这种大船。更可笑的，还是她自己也不知道为什么却想起这个问题！

一群过渡人来了，有担子，有送公事跑差模样的人物，另外还有母女二人。母亲穿了新浆洗得硬朗的蓝布衣服，女孩子脸上涂着两饼红色，穿了不甚称身的新衣，上城到亲戚家中去拜节看龙船的。等待众人上船稳定后，翠翠一面望着那小女孩，一面把船拉过溪去。那小孩从翠翠估来年纪也将十二岁了，神气却很娇，似乎从不能离开过母亲。脚下穿的是一双尖尖头新油过的钉鞋，上面沾污了些黄泥。裤子是那种翻紫的葱绿布做的。见翠翠尽是望她，她也便看着翠翠，眼睛光光的如同两粒水晶球。神奇中有点害羞，有点不自在，同时也有点不可言说的爱娇。那母亲模样的妇人便问翠翠，年纪有几岁。翠翠笑着，不高兴答应，却反问小女孩今年几岁，听那母亲说十三岁时，翠翠忍不住笑了。那母女显然是财主人家的妻女，从神气上就可看出的。翠翠注视那女孩，发现了女孩子手上还戴得有一副麻花绞的银手镯，闪着白白的亮光，心中有点儿歆羡。船傍岸后，人陆续上了岸，妇人从身上摸出一把铜子，塞到翠翠手中，就走了。翠翠当时竟忘了祖父的规矩，也不说道谢，也不把钱退还，只望着这一行人中那个女孩子身后发痴。一行人正将翻过小山时，翠翠忽又忙匆匆的追上去，在山头上把钱还给那妇人。那妇人说："这是送你的！"翠翠不说什么，只微笑把头尽摇，表示不能接受，且不等妇人来得及说第二句话，就很快的向自己渡船边跑去了。

到了渡船上，溪那边又有人喊过渡，翠翠把船又拉回去。第二次过渡是七个人，又有两个女孩子，也同样因为看龙船特意换了干净衣服，相貌却并不如何美观，因此使翠翠更不能忘记先前那一个。

今天过渡的人特别多，其中女孩子比平时更多。翠翠既在船上拉缆子摆渡，故见到什么好看的，极古怪的，人乖的，眼睛眶子红红的，莫不在记忆中留下个印象。无人过渡时，等着祖父祖父又不来，便尽只反复温习这些女孩子的神气。且轻轻的无所谓的唱着：

"白鸡关出老虎咬人，不咬别人，团总的小姐派第一。……大姐戴副金簪子，二姐戴副银钏子，只有我三妹莫得什么戴，耳朵上长年戴条豆芽菜。"

城中有人下乡的，在河街上一个酒店前面，曾见及那个撑渡船的老头子，把葫芦嘴推让给一个年青水手，请水手喝他新买的白烧酒。翠翠问及时，那城中人就告给她所见到的事情。翠翠笑祖父的慷慨不是时候，不是地方。过渡人走了，翠翠就在船上又轻轻地哼着巫师迎神的歌玩：

你大仙，你大神，睁眼看看我们这里人！
他们既诚实，又年青，又身无疾病。
他们大人会喝酒，会作事，会睡觉；
他们孩子能长大，能耐饥，能耐冷；
他们牯牛肯耕田，山羊肯生仔，鸡鸭肯孵卵；
他们女人会养儿子，会唱歌，会找她心中欢喜的情人！

你大神，你大仙，排驾前来站两边。
关夫子身跨赤兔马，
尉迟公手拿大铁鞭。

你大仙，你大神，云端下降慢慢行！
张果老驴上得坐稳，
铁拐李脚下要小心！

福禄绵绵是神恩，
和风和雨神好心，
好酒好饭当前陈，
肥猪肥羊火上烹！

洪秀全，李鸿章，
你们在生是霸王，
杀人放火尽节全忠各有道，
今来坐席又何妨！

慢慢吃，慢慢喝，

月白风清好过河。

醉时携手同归去，

我当为你再唱歌！

那首歌声音既极柔和，快乐中又微带忧郁。唱完了这歌，翠翠心上觉得有一丝儿凄凉。她想起秋末酬神还愿时田坪中的火燎同鼓角。

远处鼓声已起来了，她知道绘有朱红长线的龙船这时节已下河了。细雨还依然落个不止，溪面一片烟。

九

祖父回家时，大约已将近平常吃早饭时节了。肩上手上全是东西，一上小山头便喊翠翠，要翠翠拉船过小溪来迎接他。翠翠眼看到多少人皆进了城，正在船上急得莫可奈何，听到祖父的声音，精神旺了，锐声答着："爷爷，爷爷，我来了！"老船夫从码头边上了渡船后，把肩上手上的东西搁到船头上，一面帮着翠翠拉船，一面向翠翠笑着，如同一个小孩子，神气充满了谦虚与羞怯。"翠翠，你急坏了，是不是？"翠翠本应埋怨祖父的，但她却回答说："爷爷，我知道你在河街上劝人喝酒，好玩得很。"翠翠还知道祖父极高兴到河街上去玩，但如此说来，将更使祖父害羞乱嚷了，故不提出。

翠翠把搁在船头的东西一一估记在眼里，不见了酒葫芦。翠翠嗤的笑了。

"爷爷，你倒大方，请副爷同船上人吃酒，连葫芦也让他们吃到肚里去了！"

祖父笑着忙作说明：

"哪里，哪里，我那葫芦被顺顺大哥扣下了，他见我在河街上请人喝酒，就说：‘喂，喂，摆渡的张横，这不成的。你不开糟坊，如何这样子！你要作仁义大哥梁山好汉，把你那个放下来，请我全喝了吧。’他当真那么说，‘请我全喝了吧。’我把葫芦放下了。但我猜想他是同我闹着玩的。他家里还少烧酒吗？翠翠，你说，是不是？……”

“爷爷，你以为人家不是真想喝你的酒，便是同你开玩笑吗？”

“那是怎么的？”

“你放心，人家一定因为你请客不是地方，所以扣下你的葫芦，不让你请人把酒喝完。等等就会派毛伙为你送来的，你还不明白，真是！——”

“唉，当真会是这样的！”

说着船已拢了岸，翠翠抢先帮祖父搬东西回家，但结果却只拿了那尾鱼，那个花褡裢；褡裢中钱已用光了，却有一包白糖，一包芝麻小饼子。

两人刚把新买的东西搬运到家中，对溪就有人喊过渡，祖父要翠翠看着肉菜免得被野猫拖去，争先下溪去做事，一会儿，便同那个过渡人嚷着到家中来了。原来这人便是送酒葫芦的。只听到祖父说：“翠翠，你猜对了。人家当真把酒葫芦送来了！”

翠翠来不及向灶边走去，祖父同一个年纪青青的脸黑肩膊宽的人物，便进到屋里了。

翠翠同客人皆笑着，让祖父把话说下去。客人又望着翠翠笑，翠翠仿佛明白为什么被人望着，有点不好意思起来，走到灶边烧火去了。溪边又有人喊过渡，翠翠赶忙跑出门外船上去，把人渡过了溪。恰好又有人过溪。天虽落小雨，过渡人却分外多，一连三次。翠翠在船上一面作事一面想起祖父的趣处。不知怎么的，从城里被人打发来送酒葫芦的，她觉得好像是个熟人。可是眼睛里像是熟人，却不明白在什么地方见过面。但也正像是不肯把这人想到某方面去，方猜不着这来人的身分。

祖父在岩坎上边喊：“翠翠，翠翠，你上来歇歇，陪陪客！”本来无人过渡便想上岸去烧火，但经祖父一喊，反而不上岸了。

来客问祖父“进不进城看船”，老渡船夫就说：“应当看守渡船。”两人又谈了些别的话。到后来客方言归正传：

“伯伯，你翠翠像个大人了，长得很好看！”

撑渡船的笑了。“口气同哥哥一样，倒爽快呢。”这样想着，却那么说：“二老，这地方配受人称赞的只有你，人家都说你好看！‘八面山的豹子，地地溪的锦鸡’，全是特为颂扬你这个人好处的警句！”

“但是，这很不公平。”

“很公平的！我听着船上人说，你上次押船，船到三门下面白鸡关滩出了事，从急浪中你援救过三个人。你们在滩上过夜，被村子里女人见着了，人家在你棚子边唱歌一整夜，是不是真有其事？”

“不是女人唱歌一夜，是狼嗥。那地方著名多狼，只想得机会吃我们！我们烧了一大堆火，吓住了它们，才不被吃！”

老船夫笑了：“那更妙！人家说的话还是很对的。狼是只吃姑娘，吃小孩，吃十八岁标致青年的，像我这种老骨头，它不要吃，只嗅一嗅就会走开的！”

那二老说：“伯伯，你到这里见过两万个日头，别人家全说我们这个地方风水好，出大人，不知为什么原因，如今还不出大人？”

“你是不是说风水好应出有大名头的人？我以为，这种人不生在我们这个小地方也不碍事。我们有聪明、正直、勇敢、耐劳的年青人，就够了。像你们父子兄弟，为本地方增光彩已经很多很多！”

“伯伯，你说得好，我也是那么想。地方不出坏人出好人，如伯伯那么样子，人虽老了，还硬朗得同棵楠木树一样，稳稳当当的活到这块地面，又正经，又大方，难得的咧。”

“我是老骨头了，还说什么。日头，雨水，走长路，挑分量沉重的担子，大吃大喝，挨饿受寒，自己分上的都拿过了，不久就会躺到这冰凉土地上喂蛆吃的。这世界有的是你们小伙子分上的一切，应当好好的干，日头不辜负你们，你们也莫辜负日头！”

“伯伯，看你那么勤快，我们年青人不敢辜负日头。”

说了一阵，二老想走了，老船夫便站到门口去喊叫翠翠，要她到屋里来烧水煮饭，掉换他自己看船。翠翠不肯上岸，客人却已下船了，翠翠把船拉动时，祖父故意装作埋怨神气说：

“翠翠，你不上来，难道要我在家里做媳妇煮饭吗？”

翠翠斜睨了客人一眼，见客人正盯着她，便把脸背过去，抿着嘴儿，很自负的拉着那条横缆，船慢慢拉过对岸了。客人站在船头同翠翠说话：

“翠翠，吃了饭，同你爷爷到我家吊脚楼上去看划船吧？”

翠翠不好意思不说话，便说：“爷爷说不去，去了无人守这个船！”

“你呢？”

“爷爷不去我也不去。”

“你也守船吗？”

“我陪我爷爷。”

“我要一个人来替你们守渡船，好不好？”

嘭的一下船已撞到岸边土坎上了，船拢了岸。二老向岸上一跃，站在斜坡上说：

“翠翠，难为你！……我回去就要人来替你们，你们赶快吃饭，一同到我家里去看船，今天人多咧，热闹咧。”

翠翠不明白这陌生人的好意，不懂得为什么一定要到他家中去看船，抿着小嘴笑笑，就把船拉回去了。到了家中一边溪岸后，只见那个年青人还正在对溪小山上。好像等待什么，不即走开。翠翠回转家中，到灶口边去烧火，一面把带点湿气的草塞进灶里去，一面向正在把客人带回的那一葫芦酒试着的祖父询问：

“爷爷，那人说回去就要人来替你，要我们两人去看船，你去不去？”

"你高兴去吗？"

"两人同去我高兴。那个人很好，我像认得他，他是谁？"

祖父心想："这倒对了，人家也觉得你好！"祖父笑着说："翠翠，你不记得你前年在大河边时，有个人说要让大鱼咬你吗？"

翠翠明白了，却仍然装不明白问："他是谁？"

"你想想看，猜猜看。"

"我猜不着他是张三李四。"

"顺顺船总家的二老，他认识你你不认识他啊！"他抿了一口酒，像赞美这个酒又像赞美另一个人，低低的说："好的，妙的，这是难得的。"

过渡的人在门外坎下叫唤着，老祖父口中还是"好的，妙的……"匆匆的下船做事去了。

十

吃饭时隔溪有人喊过渡，翠翠抢着下船，到了那边，方知道原来过渡的人，便是船总顺顺家派来作替手的水手。这人一见翠翠就说道："二老要你们一吃了饭就去，他已下河了。"见了祖父又说："二老要你们吃了饭就去，他已下河了。"

张耳听听，便可听出远处鼓声已较繁密，从鼓声里使人想到那些极狭的船，在长潭中笔直前进时，水面上画着如何美丽的长长的线路！

新来的人茶也不吃，便在船头站妥了，翠翠同祖父吃饭时，邀他喝一杯，只是摇头推辞。祖父说：

"翠翠，我不去，你同小狗去好不好？"

"要不去，我也不想去！"

"我去呢？"

"我本来也不想去，但我愿意陪你去。"

祖父微笑着："翠翠，翠翠，你陪我去，好的，你就陪我去！"

……

祖父同翠翠到城里大河边时，河边早站满了人。细雨已经停止，地面还是湿湿的。祖父要翠翠过河街船总家吊脚楼上去看船，翠翠却似乎有心事怕到那边去，以为站在河边较好。两人虽在河边站定，不多久，顺顺便派人来把他们请去了。吊脚楼上已有了很多的人。早上过渡时，为翠翠所注意的乡绅妻女，受顺顺家的款待，占据了两个最好窗口。一见到翠翠，那女孩子就说："你来，你来！"翠翠带着点儿羞怯走去，坐在他们身后边条凳上，祖父便走开了。

祖父并不看龙船竞渡，却为一个熟人拉到河上游半里路远近，到一个新碾坊看水碾子去了。老船夫对于水碾子原来就极有兴味的。倚山滨水来一座小小茅屋，屋中有那么一个圆石片子，固定在一个横轴上，斜斜的搁在石槽里。当水闸门抽去时，流水冲激地下的暗轮，上面的圆石片便飞转起来。作主人的管理这个东西，把毛谷倒进石槽中去，把碾好的米弄出放在屋角隅长方箩筛里，再筛去糠灰。地上全是糠灰，自己头上包着块白布帕子，头上肩上也全是糠灰。天气好时就在碾坊前后隙地里种些萝卜、青菜、大蒜、四季葱。水沟坏了，就把袴子脱去，到河里去堆砌石头，修理泄水处。水碾坝若修筑得好，还可装个小小鱼梁，涨小水时就自会有鱼上梁来，不劳而获！在河边管理一个碾坊比管理一只渡船多变化，有趣味，情形一看也就明白了。但一个撑渡船的若想有座碾坊，那简直是不可能的妄想。凡碾坊照例是属于当地小财主的产业。那熟人把老船夫带到碾坊边时，就告给他这碾坊业主为谁。两人一面各处视察一面说话。

那熟人用脚踢着新碾盘说：

"中寨人自已坐在高山砦子上，却欢喜来到这大河边置产业；这是中寨王团总的，值大钱七百吊！"

老船夫转着那双小眼睛，很羡慕的去欣赏一切，估计一切，把头点着，且对于碾坊中物件一一加以很得体的批评。后来两人就坐到那还未完工的白木条凳上去，熟人又说到这碾坊的将来，似乎是团总女儿陪嫁的妆奁。那人于是想起了翠翠，且记起大老过去一时托过他的事情来了。便问道：

“伯伯，你翠翠今年十几岁？”

“满十四岁进十五岁了。”老船夫说过这句话后，便接着在心中计算过去的年月。

“十四岁多能干！将来谁得她真有福气！”

“有什么福气？又无碾坊陪嫁，一个光人。”

“别说一个光人，一个有用的人，两只手敌得五座碾坊！洛阳桥也是鲁班两只手造成的！……”这样那样的说着，表示对老船夫的抗议。说到后来那人自然笑了。

老船夫也笑了，心想：“翠翠有两只手，将来也去造洛阳桥吧，新鲜事！”

那人过了一会儿又说：

“茶峒人年青男子眼睛光，选媳妇也极在行。伯伯，你若不多我的心时，我就说个笑话给你听。”

老船夫问：“是什么笑话？”

那人说：“伯伯你若不多心时，这笑话也可以当真话去听咧。”

接着说下去的就是顺顺家大老如何在人家面前赞美翠翠，且如何托他来探听老船夫口气那么一件事。末了同老船夫来转述另一回会话的情形。“我问他：‘大老，大老，你是说真话还是说笑话？’他就说：‘你为我去探听探听那老的，我欢喜翠翠，想要翠翠，是真话呀！’我说：‘我这人口钝得很，说出了口收不回，万一老的一巴掌打来呢？’他说：‘你怕打，你先当笑话去说，不会挨打的！’所以，伯伯，我就把这件真事情当笑话来同你说了。你试想想，他初九从川东回来见我时，我应当如何回答他？”

老船夫记起前一次大老亲口所说的话，知道大老的意思很真，且知道顺顺也欢喜翠翠，故心里很高兴。但这件事照规矩得这个人带封点心亲自到碧溪岨家中去说，方见得慎重其事。老船夫就说："等他来时你说：老家伙听过了笑话后，自己也说了个笑话。他说：'车是车路，马是马路，各有走法。大老走的是车路，应当由大老爹爹作主，请了媒人来正正经经同我说。若走的是马路，应当自己作主，站在渡口对溪高崖上，为翠翠唱三年六个月的歌。'"

"伯伯，若唱三年六个月的歌动得了翠翠的心，我赶明天就自己来唱歌了。"

"你以为翠翠肯了我还会不肯吗？"

"不咧，人家以为这件事情你老人家肯了翠翠便无有不肯呢。"

"不能那么说，这是她的事呵！"

"便是她的事情，可是必须老的作主，人家也仍然以为在日头月光下唱三年六个月的歌，还不如得伯伯说一句话好！"

"那么，我说，我们就这样办，等他从川东回来时，要他同顺顺去说个明白。我呢，我也先问问翠翠；若以为听了三年六个月的歌再跟那唱歌人走去有意思些，我就请你劝大老走他那弯弯曲曲的马路。"

"那好的。见了他我就说：'大老，笑话吗，我已经说过了。真话呢，看你自己的命运去了。'当真看他的命运去了，不过我明白他的命运，还是在你老人家手上捏着紧紧的。"

"不是那么说！我若捏得定这件事，我马上就答应了。"

这里两人把话说妥后，就过另一处看一只顺顺新近买来的三舱船去了。河街上顺顺吊脚楼方面，却有了如下事情。

翠翠虽被那乡绅女人喊到身边去坐，地位非常之好，从窗口望出去，河中一切朗然在望，然而心中可不安宁。挤在其他几个窗口看热闹的人，似乎皆常常把眼光从河中景物挪到这边几个人身上来。还有些人故意装成有别的事情样子，从楼这边走过那一边，事实上却全为的是好仔细看看翠翠这方面几个人。翠翠心中老不自在，只想借故跑去。一会儿河下的炮声响了，几只从对河取齐的船只，直向这方面划来。先是四条船相去不远，如四枝箭在水面射着。到了一半，已有两只船占先了些，再过一会子，那两只船中间便又有一只超过了并进的船只而前。看看船到了税局门前时，第二次炮声又响，那船便胜利了。这时节胜利的已判明属于河街人所划的一只，各处便皆响着庆祝的小鞭炮。那船于是沿了河街吊脚楼划去，鼓声蓬蓬作响，河边与吊脚楼各处，都同时呐喊表示快乐的祝贺。翠翠眼见在船头站定摇动小旗指挥进退头上包着红布的那个年青人，便是送酒葫芦到碧溪岨的二老，心中便印着两年前的旧事，“大鱼吃掉你！”“吃掉不吃掉，不用你这个人管！”“好的，我就不管！”“狗，狗，你也看人叫！”想起狗，翠翠才注意到自己身边那只黄狗，早已不知跑到什么地方去，便离了座位，在楼上各处找寻她的黄狗，把船头人忘掉了。

她一面在人丛里找寻黄狗，一面听人家正说些什么话。

一个大脸妇人问：“是谁家的人，坐到顺顺家当中窗口前的那块好地方？”

一个妇人就说：“是砦子上王乡绅大姑娘，今天说是自己来看船，其实来看人，同时也让人看！人家命好，有本领坐那好地方！”

“看谁人，被谁看？”

“嗨，你还不明白，那乡绅想同顺顺打亲家呢。”

“那姑娘配什么人？是大老，还是二老呢？”

“是二老呀，等等你们看这岳云，就会上楼来拜他丈母娘的！”

另有一个女人便插嘴说：“事弄同了，好得很呢！人家在大河边有一座崭新碾坊陪嫁，比十个长年还好一些。”

有人问：“二老怎么样？”

又有人就轻轻的说：“二老已说过了，这不必看。第一件事我就不想作那个碾坊的主人！”

“你听岳云二老说过吗？”

“我听别人说的。还说二老欢喜一个撑渡船的。”

“他又不是傻小二，不要碾坊，要渡船吗？”

“那谁知道。横顺人是‘牛肉炒韭菜，各人心里爱’。只看各人心里爱什么就吃什么，渡船不会不如碾坊！”

当时各人眼睛对着河里，口中说着这些闲话，却无一个人回头来注意到身后边的翠翠。

翠翠脸发火烧走到另外一处去，又听有两个人提及这件事。且说：“一切早安排好了，只须要二老一句话。”又说：“只看二老今天那么一股劲儿，就可以猜想得出，这劲儿是岸上一个黄花姑娘给他的！”

谁是激动二老的黄花姑娘?

翠翠人矮了些，在人后背已望不见河中的情形，只听到擂鼓声渐近渐激越，岸上呐喊声自远而近，便知道二老的船恰恰经过楼下。楼上人也大喊着，夹杂叫着二老的名字，乡绅太太那方面，且有人放小百子鞭炮。忽然又用另外一种惊讶声音喊着，且同时便见许多人出门向河下走去。翠翠不知出了什么事，心中有点迷乱，正不知走回原来座位边去好，还是依然站在人背后好，只见那边正有人拿了个托盘，装了一大盘粽子同细点心，在请乡绅太太小姐用点心，不好意思再过那边去，便想也挤出大门外到河下去看看。从河街一个盐店旁边甬道下河时，正在一排吊脚楼的梁柱间，迎面碰上一群人，拥着那个头包红布的二老来了。原来二老因失足落水，已从水中爬起来了。路太窄了一些，翠翠虽闪过一旁，与迎面来的人仍然得肘子触着肘子。二老一见翠翠就说：

“翠翠，你来了，爷爷也来了吗？”

翠翠脸还发着烧不便作声，心想：“黄狗跑到什么地方去了呢？”

二老又说：

“怎不到我家楼上去看呢？我已要人替你弄了个好位子。”

翠翠心想：“碾坊陪嫁，希奇事情咧。”

二老不能逼迫翠翠回去，到后便各自走开了。翠翠到河下时，小小心腔中充满了一种说不分明的东西。是烦恼吧，不是！是忧愁吧，不是！是快乐吧，不，有什么事情使这个女孩子快乐呢？是生气了吧，——是的，她当真仿佛觉得自己是在生一个人的气，又像是在生自己的气。河边人太多了，码头边浅水中，船桅船篷上，以至于吊脚楼的柱子上，无不挤满了人，翠翠自言自语说："人那么多，有什么三脚猫好看？"先还以为可以在什么船上发现她的祖父，但各处搜寻了一阵，却无祖父的影子。她挤到水边去，一眼便看到了自己家中那条黄狗，同顺顺家一个长年，正在去岸数丈一只空船上看热闹。翠翠锐声叫喊了两声，黄狗张着耳叶昂头四面一望，便猛的扑下水中，向翠翠方面泅来了。到了身边时狗身上已全是水，把水抖着且跳跃不已，翠翠便说："得了，狗，装什么疯。你又不翻船，谁要你落水呢？"

翠翠同黄狗各处找祖父去，在河街上一个木行前恰好遇着了祖父。

老船夫说："翠翠，我看了个好碾坊，碾盘是新的，水车是新的，屋上稻草也是新的！水坝管着一绺水，急溜溜的，抽水闸板时水车转得如陀螺。"

翠翠带着点做作问："是什么人的？"

"是什么人的？住在山上的员外王团总的。我听人说是那中寨人为女儿作嫁妆的东西，好不阔气，包工就是七百吊大制钱，还不管风车，不管家私！"

"谁讨那个人家的女儿？"

祖父望着翠翠干笑着："翠翠，大鱼咬你，大鱼咬你。"

翠翠因为对于这件事心中有了个数目，便仍然装着全不明白，只询问祖父："爷爷，什么人得到那个碾坊？"

"岳云二老！"祖父说了又自言自语的说，"有人羡慕二老得到碾坊，也有人羡慕碾坊得到老二！"

"谁羡慕呢，爷爷？"

“我羡慕。”祖父说着便又笑了。

翠翠说：“爷爷，你喝醉了。”

“可是二老还称赞你长得美呢。”

翠翠说：“爷爷，你疯了。”

祖父说：“爷爷不醉不疯，……去，我们到河边看他们放鸭子去。可惜我老了，不能下水里去捉只鸭子回家焖姜吃。”他还想说：“二老捉得鸭子，一定又会送给我们的。”话不及说，二老来了，站在翠翠面前微笑着。翠翠也笑着。

于是三个人回到吊脚楼上去。

十一

有人带了礼物到碧溪岨。掌水码头的顺顺，当真请了媒人为儿子向渡船的攀亲戚来了。老船夫慌慌张张把这个人渡过溪口，一同到家里去。翠翠正在屋门前剥豌豆，来了客并不如何注意。但一听到客人进门说“贺喜贺喜”，心中有事，不敢再蹲在屋门边，就装作追赶菜园地的鸡，拿了竹响篙唰唰的摇着，一面口中轻轻喝着，向屋后白塔跑去了。

来人说了些闲话，言归正传转述到顺顺的意见时，老船夫不知如何回答，只是很惊惶的搓着两只茧结的大手，好像这不会真有其事，而且神气中只像在说“那好的，那妙的”，其实这老头子却不曾说过一句话。

来人把话说完后，就问作祖父的意见怎么样。老船夫笑着把头点着说：“大老想走车路，这个很好。可是我得问问翠翠，看她自己主张怎么样。”来人被打发走后，祖父在船头叫翠翠下河边来说话。

翠翠拿了一簸箕豌豆下到溪边，上了船，娇娇的问她的祖父：“爷爷，你有什么事？”祖父笑着不说什么，只偏着个白发盈颠的头看着翠翠，看了许久。翠翠坐到船头，有点不好意思，低下头去剥豌豆，耳中听着远处竹篁里的黄鸟叫。翠翠想：“日子长咧，爷爷话也长了。”翠翠心轻轻地跳着。

过了一会祖父说：“翠翠，翠翠，先前那个人来作什么，你知道不知道？”

翠翠说：“我不知道。”说后脸同颈脖全红了。

祖父看看那种情景，明白翠翠的心事了，便把眼睛向远处望去，在空雾里望见了十六年前翠翠的母亲，老船夫心中异常柔和了。轻轻的自言自语说：“每一只船总要有个码头，每一只雀儿得有个窠。”他同时想起那个可怜的母亲过去的事情，心中有了一点隐痛，却勉强笑着。

翠翠呢，正从山中黄鸟杜鹃叫声里，以及山谷中伐竹人嗤嗤一下一下的砍伐竹子声音里，想到许多事情。老虎咬人的故事，与人对骂时四句头的山歌，造纸作坊中的方坑，铁工场熔铁炉里泄出的铁汁，耳朵听来的，眼睛看到的，她似乎都要去温习温习。她所以这样作，又似乎全只为了希望忘掉眼前的一桩事而起。但她实在有点误会了。

祖父说：“翠翠，船总顺顺家里请人来作媒，想讨你作媳妇，问我愿不愿。我呢，人老了，再过三年两载会过去的，我没有不愿意的事情。这是你自己的事，你自己想想，自己来说。愿意，就成了；不愿意，也好。”

翠翠不知如何处理这个问题，装作从容，怯怯的望着老祖父。又不便问什么，当然也不好回答。

祖父又说：“大老是个有出息的人，为人又正直，又慷慨，你嫁了他，算是命好！”

翠翠弄明白了，人来做媒的是大老！不曾把头抬起，心忡忡的跳着，脸烧得厉害，仍然剥她的豌豆，且随手把空豆荚抛到水中去，望着它们在流水中从从容容的流去，自己也俨然从容了许多。

见翠翠总不作声，祖父于是笑了，且说：“翠翠，想几天不碍事。

洛阳桥不是一个晚上造得好的，要日子咧。前次那个人来就向我说起这件事，我已经就告过他：车是车路，马是马路，各有规矩。想爸爸做主，请媒人正正经经来说是车路；要自己作主，站到对溪高崖竹林里为你唱三年六个月的歌是马路。——你若欢喜走马路，我相信人家会为你在日头下唱热情的歌，在月光下唱温柔的歌，像只洋鹊一样一直唱到吐血喉咙烂！”

翠翠不作声，心中只想哭，可是也无理由可哭。祖父还是再说下去，便引到死过了的母亲来了。老人话说了一阵，沉默了。翠翠悄悄把头搭过一些，见祖父眼中业已酿了一汪眼泪。翠翠又惊又怕，怯生生的说：“爷爷，你怎么的？”祖父不作声，用大手掌擦着眼睛，小孩子似的咕咕笑着，跳上岸跑回家中去了。

翠翠心中乱乱的，想赶去却不赶去。

雨后放晴的天气，日头炙到人肩上背上已有了点儿力量。溪边芦苇水杨柳，菜园中菜蔬，莫不繁荣滋茂，带着一分有野性的生气。草丛里绿色蚱蜢各处飞着，翅膀搏动空气时皆嚯嚯作声。枝头新蝉声音虽不成腔却已渐渐宏大。两山深翠逼人的竹篁中，有黄鸟与竹雀杜鹃交递鸣叫。翠翠感觉着，望着，听着，同时也思索着：

“爷爷今年七十岁……三年六个月的歌——谁送那只白鸭子呢？……得碾子的好运气，碾子得谁更是好运气？……”

痴着，忽地站起，半簸箕豌豆便倾倒到水中去了。伸手把那簸箕从水中捞起时，隔溪有人喊过渡。

十二

翠翠第二天第二次在白塔下菜园地里，被祖父询问到自己主张时，仍然心儿忡忡的跳着，把头低下不作理会，只顾用手去掐葱。祖父笑着，心想：“还是等等看，再说下去，这一坪葱会全掐掉了。”同时似乎又觉得这其间有点古怪处，不好再说下去，便自己按捺住言语，用一个做作的笑话，把问题引到另外一件事情上去了。

天气渐渐的越来越热了。近六月时，天气热了些。老船夫把一个满是灰尘的黑陶缸子，从屋角隅里搬出，自己还匀出些闲工夫，拼了几方木板，作成一个圆盖。又锯木头作成一个三脚架子，且削刮了个大竹筒，用葛藤系定，放在缸边作为舀茶的家具。自从这茶缸移到屋门溪边后，每早上翠翠就烧一大锅开水，倒进那缸子里去。有时缸里加些茶叶，有时却只放下一些用火烧焦的锅巴，乘那东西还燃着时便抛进缸里去。老船夫且照例准备了些发痧肚痛治疱疮疡子的草根木皮，把这些药搁在家中当眼处，一见过渡人神气不对，就忙匆匆的把药取来，善意的勒迫这过路人使用他的药方，且告给人这许多救急丹方的来源（这些丹方自然全是他从城中军医同巫师学来的）。他终日裸着两只膀子，在溪中方头船上站定，头上还常常是光光的，一头短短白发，在日光下如银子。翠翠依然是个快乐人，屋前屋后跑着唱着，不走动时就坐在门前高崖树荫下，吹小竹管儿玩。爷爷仿佛把大老提婚的事早已忘掉，翠翠自然也似乎忘掉这件事情了。

可是那做媒的不久又来探口气了，依然同从前一样，祖父把事情成否全推到翠翠身上去，打发了媒人上路。回头又同翠翠谈了一次，也依然不得结果。

老船夫猜不透这事情在什么方面有个疙瘩，解除不去，夜里躺在床上便常常陷入一种沉思里去，隐隐约约体会到一件事情（指体会到翠翠爱二老不爱大老）。再想下去便是……想到了这里时，他笑了，为了害怕而勉强笑了。其实他有点忧愁，因为他忽然觉得翠翠一切全像那个母亲，而且隐隐约约便感觉到这母女二人共通的命运。一堆过去的事情蜂拥而来，不能再睡下去了，一个人便跑出门外，到那临溪高崖上去，望天上的星辰，听河边纺织娘和一切虫类如雨的声音，许久许久还不睡觉。

这件事翠翠自然是注意不及的，这小女孩子日子里尽管玩着，工作着，也同时为一些很神秘的东西驰骋她那颗小小的心，但一到夜里，却甜甜的睡眠了。

不过一切皆得在一份时间中变化。这一家安静平凡的生活，也因了一堆接连而来的日子，在人事上把那安静空气完全打破了。

船总顺顺家中一方面，则天保大老的事已被二老知道了，傩送二老同时也让他哥哥知道了弟弟的心事。这一对难兄难弟原来同时都爱上了那个撑渡船的外孙女。这事情在本地人说来并不希奇，边地俗话说："火是各处可烧的，水是各处可流的，日月是各处可照的，爱情是各处可到的。"有钱船总儿子，爱上一个弄渡船的穷人家女儿，不能成为希罕的新闻。有一点困难处，只是这两兄弟到了谁应取得这个女人作媳妇时，是不是也还得照茶峒人规矩，来一次流血的挣扎?

兄弟两人在这方面是不至于动刀的，但也不作兴有"情人奉让"，如大都市懦怯男子爱与仇对面时作出的可笑行为。

那哥哥同弟弟在河上游一个造船的地方，看他家中那一只新船，在新船旁把一切心事全告给了弟弟，且附带说明，这点念头还是两年前植下根基的。弟弟微笑着，把话听下去。两人从造船处沿了河岸又走到王乡绅新碾坊去，那大哥就说：

"二老，你运气倒好，作了王团总女婿，有座碾坊；我呢，若把事情弄好了，我应当接那个老的手来划渡船了。我欢喜这个事情，我还想把碧溪岨两个山头买过来，在界线上种一片大南竹，围着这一条小溪作为我的砦子！"

那二老仍然默默的听着，把手中拿的一把弯月形镰刀随意斫削路旁的草木，到了碾坊时，却站住了向他哥哥说：

"大老，你信不信这女子心上早已有了个人？"

"我不信。"

"大老，你信不信这碾坊将来归我？"

“我不信。”

两人于是进了碾坊。

二老又说：“你不必——大老，我再问你，假若我不想得到这座碾坊，却打量要那只渡船，而且这念头也是两年前的事，你信不信呢？”

那大哥听来真着了一惊，望了一下坐在碾盘横轴上的傩送二老，知道二老不是说谎，于是站近了一点，伸手在二老肩上打了一下，且想把二老拉下来。他明白了这件事，他笑了。他说：“我相信的，你说的全是真话！”

二老把眼睛望着他的哥哥，很诚实的说：

“大老，相信我，这是真事。我早就那么打算到了。家中不答应，那边若答应了，我当真预备去弄渡船的！——你告我，你呢？”

“爸爸已听了我的话，为我要城里的杨马兵做保山，向划渡船的说亲去了！”大老说到这个求亲手续时，好像知道二老要笑他，又解释要保山去的用意，只是“因为老的说车有车路，马有马路，我就走了车路”。

“结果呢？”

“得不到什么结果。老的口上含李子，说不明白。”

“马路呢？”

“马路呢，那老的说若走马路，我得在碧溪岨对溪高崖上唱三年六个月的歌。把翠翠心子唱软，翠翠就归我了。”

“这并不是个坏主张！”

“是呀，一个结巴人话说不出还唱得出。可是这件事轮不到我了。我不是竹雀，不会唱歌。鬼知道那老人家存心是要把孙女儿嫁个会唱歌的水车，还是预备规规矩矩嫁个人！”

“那你怎么样？”

“我想告那老的，要他说句实在话。只一句话。不成，我跟船下桃源去了；成呢，便是要我撑渡船，我也答应了他。”

“唱歌呢？”

“二老，这是你的拿手好戏，你要去做竹雀你就赶快去吧，我不会捡马粪塞你嘴巴的。”

二老看到哥哥那种样子，便知道为这件事哥哥感到的是一种如何烦恼了。他明白他哥哥的性情，代表了茶峒人粗卤爽直一面，弄得好，掏出心子来给人也很慷慨作去，弄不好，亲舅舅也必一是一二是二。大老何尝不想在车路上失败时走马路；但他一听到二老的坦白陈述后，他就知道马路只二老有分，他自己的事不能提了。因此他有点气恼，有点愤慨，自然是无从掩饰的。

二老想出了个主意，就是两兄弟月夜里同过碧溪岨去唱歌，莫让人知道是弟兄两个，两人轮流唱下去，谁得到回答，谁便继续用那张唱歌胜利的嘴唇，服侍那划渡船的外孙女。大老不善于唱歌，轮到大老时也仍然由二老代替。两人凭命运来决定自己的幸福，这么办可说是极公平了。提议时，那大老还以为他自己不会唱，也不想请二老替他作竹雀。但二老那种诗人性格，却使他很固执的要哥哥实行这个办法。二老说必须这样做，一切方公平一点。

大老把弟弟提议想想，作了一个苦笑。“× 娘的，自己不是竹雀，还请老弟做竹雀！好，就是这样子，我们各人轮流唱，我也不要你帮忙，一切我自己来吧。树林子里的猫头鹰，声音不动听，要老婆时，也仍然是自己叫下去，不请人帮忙的！”

两人把事情说妥当后，算算日子，今天十四，明天十五，后天十六，接连而来的三个日子，正是有大月亮天气。气候既到了中夏，半夜里不冷不热，穿了白家机布汗褂，到那些月光照及的高崖上去，遵照当地的习惯，很诚实与坦白去为一个“初生之犊”的黄花女唱歌。露水降了，歌声涩了，到应当回家了时，就趁残月赶回家去。或过那些熟识的整夜工作不息的碾坊里去，躺到温暖的谷仓里小睡，等候天明。一切安排皆极其自然，结果是什么，两人虽不明白，但也看得极其自然。两人便决定了从当夜起始，来作这种为当地习惯所认可的竞争。

十三

黄昏来时翠翠坐在家中屋后白塔下，看天空被夕阳烘成桃花色的薄云，十四中寨逢场，城中生意人过中寨收买山货的很多，过渡人也特别多，祖父在溪中渡船上忙个不息。天已快夜，别的雀子似乎都要休息了，只杜鹃叫个不息。石头泥土为白日晒了一整天，草木为白日晒了一整天，到这时节皆放散一种热气。空气中有泥土气味，有草木气味，且有甲虫类气味。翠翠看着天上的红云，听着渡口飘来生意人的杂乱声音，心中有些儿薄薄的凄凉。

黄昏照样的温柔，美丽和平静。但一个人若体念到这个当前一切时，也就照样的在这黄昏中会有点儿薄薄的凄凉。于是，这日子成为痛苦的东西了。翠翠觉得好像缺少了什么。好像眼见到这个日子过去了，想要在一件新的人事上攀住它，但不成。好像生活太平凡了，忍受不住。

“我要坐船下桃源县过洞庭湖，让爷爷满城打锣去叫我，点了灯笼火把去找我。”

她便同祖父故意生气似的，很放肆的去想到这样一件不可能事情，她且想象她出走后，祖父用各种方法寻觅她皆无结果，到后如何躺在渡船上。

人家喊“过渡，过渡，老伯伯，你怎么的！不管事！”“怎么的！翠翠走了，下桃源县了！”“那你怎么办？”“怎么办吗？拿了把刀，放在包袱里，搭下水船去杀了她！”……

翠翠仿佛当真听着这种对话，吓怕起来了，一面锐声喊着她的祖父，一面从坎上跑向溪边渡口去。见到了祖父正把船拉在溪中心，船上人喁喁说着话，小小心子还依然跳跃不已。

“爷爷，爷爷，你把船拉回来呀！”

那老船夫不明白她的意思，还以为是翠翠要为他代劳了，就说：

“翠翠，等一等，我就回来！”

“你不拉回来了吗？”

“我就回来！”

翠翠坐在溪边，望着溪面为暮色所笼罩的一切，且望到那只渡船上一群过渡人，其中有个吸旱烟的打着火镰吸烟，把烟杆在船边剥剥的敲着烟灰，就忽然哭起来了。

祖父把船拉回来时，见翠翠痴痴的坐在岸边，问她是什么事，翠翠不作声。祖父要她去烧火煮饭，想了一会儿，觉得自己哭得可笑，一个人便回到屋中去，坐在黑黝黝的灶边把火烧燃后，她又走到门外高崖上去，喊叫她的祖父，要他回家里来。在职务上毫不儿戏的老船夫，因为明白过渡人皆是赶回城中吃晚饭的人，来一个就渡一个，不便要人站在那岸边呆等，故不上岸来。只站在船头告翠翠，不要叫他，且让他做点事，把人渡完事后，就会回家里来吃饭。

翠翠第二次请求祖父，祖父不理会，她坐在悬崖上，很觉得悲伤。

天夜了，有一匹大萤火虫尾上闪着蓝光，很迅速的从翠翠身旁飞过去，翠翠想，“看你飞得多远！”便把眼睛随着那萤火虫的明光追去。杜鹃又叫了。

“爷爷，为什么不上来？我要你！”

在船上的祖父听到这种带着娇有点儿埋怨的声音，一面粗声粗气的答道：“翠翠，我就来，我就来！”一面心中却自言自语：“翠翠，爷爷不在了，你将怎么样？”

老船夫回到家中时，见家中还黑黝黝的，只灶间有火光，见翠翠坐在灶边矮条凳上，用手蒙着眼睛。

走过去才晓得翠翠已哭了许久。祖父一个下半天来，皆弯着个腰在船上拉来拉去，歇歇时手也酸了，腰也酸了，照规矩，一到家里就会嗅到锅中所焖瓜菜的味道，且可看见翠翠安排晚饭在灯光下跑来跑去的影子。今天情形竟不同了一点。

祖父说："翠翠，我来慢了，你就哭，这还成吗？我死了呢？"

翠翠不作声。

祖父又说："不许哭，做一个大人，不管有什么事都不许哭。要硬扎一点，结实一点，方配活到这块土地上！"

翠翠把手从眼睛边移开，靠近了祖父身边去。"我不哭了。"

两人作饭时，祖父为翠翠述说起一些有趣味的故事。因此提到了死去了的翠翠的母亲。两人在豆油灯下把饭吃过后，老船夫因为工作疲倦，喝了半碗白酒，因此饭后兴致极好，又同翠翠到门外高崖上月光下去说故事。说了些那个可怜母亲的乖巧处，同时且说到那可怜母亲性格强硬处，使翠翠听来神往倾心。

翠翠抱膝坐在月光下，傍着祖父身边，问了许多关于那个可怜母亲的故事。间或吁一口气，似乎心中压上了些分量沉重的东西，想挪移得远一点，才吁着这种气，可是却无从把那种东西挪开。

月光如银子，无处不可照及，山上篁竹在月光下皆成为黑色。身边草丛中虫声繁密如落雨。间或不知道从什么地方，忽然会有一只草莺"嗒嗒嗒嗒嘘！"啭着她的喉咙，不久之间，这小鸟儿又好像明白这是半夜，不应当那么吵闹，便仍然闭着那小小眼儿安睡了。

祖父夜来兴致很好，为翠翠把故事说下去，就提到了本城人二十年前唱歌的风气，如何驰名于川黔边地。翠翠的父亲，便是当地唱歌的第一手，能用各种比喻解释爱与憎的结子，这些事也说到了。翠翠母亲如何爱唱歌，且如何同父亲在未认识以前在白日里对歌，一个在半山上竹篁里砍竹子，一个在溪面渡船上拉船，这些事也说到了。

翠翠问："后来怎么样？"

祖父说："后来的事当然长得很，最重要的事情，就是这种歌唱出了你。"

祖父于是沉默了，不曾说，“唱出了你后也就死去了你的父亲和母亲。”

十四

老船夫做事累了睡了，翠翠哭倦了也睡了。翠翠不能忘记祖父所说的事情，梦中灵魂为一种美妙歌声浮起来了，仿佛轻轻的各处飘着，上了白塔，下了菜园，到了船上，又复飞窜过悬崖半腰——去作什么呢？摘虎耳草！白日里拉船时，她仰头望着崖上那些肥大虎耳草已极熟习。崖壁三五丈高，平时攀折不到手，这时节却可以选顶大的叶子作伞。

一切皆像是祖父说的故事，翠翠只迷迷胡胡的躺在粗麻布帐子里草荐[①]上，以为这梦做得顶美顶甜。祖父却在床上醒着，张起个耳朵听对溪高崖上的人唱了半夜的歌。他知道那是谁唱的，他知道是河街上天保大老走马路的第一著，因此又忧愁又快乐的听下去。翠翠因为日里哭倦了，睡得正好，他就不去惊动她。

第二天天一亮，翠翠同祖父起身了，用溪水洗了脸，把早上说梦的忌讳去掉了，翠翠赶忙同祖父去说昨晚上所梦的事情。

“爷爷，你说唱歌，我昨天就在梦里听到一种顶好听的歌声，又软又缠绵，我像跟了这声音各处飞，飞到对溪悬崖半腰，摘了一大把虎耳草，得到了虎耳草，我可不知道把这个东西交给谁去了。我睡得真好，梦的真有趣！”

祖父温和悲悯的笑着，并不告给翠翠昨晚上的事实。

祖父心里想：“做梦一辈子更好，还有人在梦里做宰相咧。”

昨晚上唱歌的，老船夫还以为是天保大老，日来便要翠翠守船，借

① 草荐：草垫子，草席。

故到城里去送药，探探情形。在河街见到了大老，就一把拉住那小伙子，很快乐的说：

“大老，你这个人，又走车路又走马路，是怎样一个狡猾东西！”

但老船夫却作错了一件事情，把昨晚唱歌人“张冠李戴”了。这两弟兄昨晚上同时到碧溪岨去，为了作哥哥的走车路占了先，无论如何也不肯先开腔唱歌，一定得让那弟弟先唱。弟弟一开口，哥哥却因为明知不是敌手，更不能开口了。翠翠同她祖父晚上听到的歌声，便全是那个傩送二老所唱的。大老伴弟弟回家时，就决定了同茶峒地方离开，驾家中那只新油船下驶，好忘却了上面的一切。这时正想下河去看新油船装货。老船夫见他神情冷冷的，不明白他的意思，就用眉眼做了一个可笑的记号，表示他明白大老的冷淡处是装成的，表示他有好消息可以奉告。他拍了大老一下，翘起一个大拇指，轻轻的说：

“你唱得很好，别人在梦里听着你那个歌，为那个歌带得很远，走了不少的路！你是第一号，是我们地方唱歌的第一号。”

大老望着弄渡船的老船夫涎皮的老脸，轻轻的说：

“算了吧，你把宝贝孙女儿送给会唱歌的竹雀吧。”

这句话使老船夫完全弄不明白它的意思。大老从一个吊脚楼甬道走下河去了，老船夫也跟着下去。到了河边，见那只新船正在装货，许多油篓子搁在河岸边。一个水手正用茅草扎成长束，备作船舷上挡浪用的茅把。还有人坐在河边石头上，用脂油擦抹桨板。老船夫问那个水手，这船什么日子下行，谁押船，那水手把手指着大老。老船夫搓着手说：

“大老，听我说句正经话，你那件事走车路，不对；走马路，你有分的！”

那大老把手指着窗口说：“伯伯，你看那边，你要竹雀做孙女婿，竹雀在那里啊！”

老船夫抬头望到二老，正在窗口整理一个鱼网。

回碧溪岨到渡船上时，翠翠问：

“爷爷，你同谁吵了架，面色那样难看！”

祖父莞尔而笑，他到城里的事情，不告给翠翠一个字。

十五

大老坐了那只新油船向下河走去了，留下傩送二老在家。老船夫方面还以为上次歌声既归二老唱的，在此后几个日子里，自然还会听到那种歌声。一到了晚间就故意从别样事情上，促翠翠注意夜晚的歌声。两人吃完饭坐在屋里，因屋前滨水，长脚蚊子一到黄昏就嗡嗡的叫着，翠翠便把蒿艾束成的烟包点燃，向屋中角隅各处晃着驱逐蚊子。晃了一阵，估计全屋子里已为蒿艾烟气熏透了，方把烟包搁到床前地上去，再坐在小板凳上来听祖父说话。从一些故事上慢慢的谈到了唱歌，祖父话说得很妙。祖父到后发问道：

“翠翠，梦里的歌可以使你爬上高崖去摘虎耳草，若当真有谁来在对溪高崖上为你唱歌，你预备怎么样？”祖父把话当笑话说着的。

翠翠便也当笑话答道：“有人唱歌我就听下去，他唱多久我也听多久！”

“唱三年六个月呢？”

“唱得好听，我听三年六个月。”

“这不大公平吧。”

“怎么不公平？为我唱歌的人，不是极愿意我长远听他唱歌吗？”

“照理说：炒菜要人吃，唱歌要人听。可是人家为你唱，是要你懂他歌里的意思！”

“爷爷，懂歌里什么意思？”

“自然是他那颗想同你要好的真心！不懂那点心事，不是同听竹雀唱歌一样吗？”

“我懂了他的心又怎么样？”

祖父用拳头把自己腿重重的捶着，且笑着：“翠翠，你人乖，爷爷笨得很，话也说得不温柔，莫生气。我信口开河，说个笑话给你听。你应当当笑话听。河街天保大老走车路，请保山来提亲，我告给过你这件事了，你那神气不愿意，是不是？可是，假若那个人还有个兄弟，走马路，为你来唱歌，向你攀交情，你将怎么说？”

翠翠吃了一惊，低下头去。因为她不明白这笑话究竟有几分真，又不清楚这笑话是谁诌的。

祖父说：“你试告我，愿意哪一个？”

翠翠便勉强笑着轻轻的带点儿恳求的神气说：

“爷爷莫说这个笑话吧。”翠翠站起身了。

“我说的若是真话呢？”

“爷爷你真是个……”翠翠说着走出去了。

祖父说：“我说的是笑话，你生我的气吗？”

翠翠不敢生祖父的气，走近门限边时，就把话引到另外一件事情上去：“爷爷看天上的月亮，那么大！”说着，出了屋外，便在那一派清光的露天中站定。站了一忽儿，祖父也从屋中出到外边来了。翠翠于是坐到那白日里为强烈阳光晒热的岩石上去，石头正散发日间所储的余热。祖父就说：

“翠翠，莫坐热石头，免得生坐板疮。”

但自己用手摸摸后，自己也坐到那岩石上了。

月光极其柔和，溪面浮着一层薄薄白雾，这时节对溪若有人唱歌，隔溪应和，实在太美丽了。翠翠还记着先前祖父说的笑话。耳朵又不聋，祖父的话说得极分明，一个兄弟走马路，唱歌来打发这样的晚上，算是怎么一回事？她似乎为了等着这样的歌声，沉默了许久。

她在月光下坐了一阵，心里却当真愿意听一个人来唱歌。久之，对溪除了一片草虫的清音复奏以外别无所有。翠翠走回家里去，在房门边摸着了那个芦管，拿出来在月光下自己吹着。觉吹得不好，又递给祖父要祖父吹。老船夫把那个芦管竖在嘴边，吹了个长长的曲子，翠翠的心

被吹柔软了。

翠翠依傍祖父坐着，问祖父：

“爷爷，谁是第一个做这个小管子的人？”

“一定是个最快乐的人作的，因为他分给人的也是许多快乐；可又像是个最不快乐的人作的，因为他同时也可以引起人不快乐！”

“爷爷，你不快乐了吗？生我的气了吗？”

“我不生你的气。你在我身边，我很快乐。”

“我万一跑了呢？”

“你不会离开爷爷的。”

“万一有这种事，爷爷你怎么样？”

“万一有这种事。我就驾了这只渡船去找你。”

翠翠嗤的笑了。“凤滩茨滩不为凶，上面还有绕鸡笼；绕鸡笼也容易下，青浪滩浪如屋大。爷爷，你渡船也能下凤滩茨滩青浪滩吗？那些地方的水，你不说过全是像疯子，毫不讲道理？”

祖父说："翠翠，我到那时可真像疯子，还怕大水大浪？"

翠翠俨然极认真的想了一下，就说："爷爷，我一定不走。可是，你会不会走？你会不会被一个人抓到别处去？"

祖父不作声了，他想到不犯王法不怕官，只有被死亡抓走那一类事情。

老船夫打量着自己被死亡抓走以后的情形，痴痴的看望天南角上一颗星子，心想："七月八月天上方有流星，人也会在七月八月死去吧？"又想起白日在河街上同大老谈话的经过，想起中寨人陪嫁的那座碾坊，想起二老，想起一大堆事情，心中有点儿乱。

翠翠忽然说："爷爷，你唱个歌给我听听，好不好？"

祖父唱了十个歌，翠翠傍在祖父身边，闭着眼睛听下去，等到祖父不作声时，翠翠自言自语说："我又摘了一把虎耳草了。"

祖父所唱的歌，原来便是那晚上听来的歌。

十六

二老有机会唱歌却从此不再到碧溪岨唱歌。十五过去了，十六也过去了，到了十七，老船夫忍不住了，进城往河街去找寻那个年青小伙子，到城门边正预备入河街时，就遇着上次为大老作保山的杨马兵，正牵了一匹骡马预备出城，一见老船夫，就拉住了他：

"伯伯，我正有事情告你，碰巧你就来城里！"

"什么事情？"

"天保大老坐下水船到茨滩出了事，闪不知这个人掉到滩下漩水里就淹坏了。早上顺顺家里得到这个信息，听说二老一早就赶去了。"

这个不吉消息同有力巴掌一样，重重的掴了老船夫那么一下，他不相信这是当真的消息。他故作从容的说：

"天保大老淹坏了吗？从不闻有水鸭子被水淹坏的！"

“可是那只水鸭子仍然有那么一次被淹坏了……我赞成你的卓见，不让那小子走车路十分顺手。”

从马兵言语上，老船夫还十分怀疑这个新闻，但从马兵神气上注意，老船夫却看清楚这是个真的消息了。他惨惨的说：

“我有什么卓见可说？这是天意！一切都有天意。……”老船夫说时心中充满了感情。

特为证明那马兵所说的话有多少可靠处，老船夫同马兵分手后，于是匆匆赶到河街上去。到了顺顺家门前，正有人烧纸钱，许多人围在一处说话。搀加进去听听，所说的便是杨马兵提到的那件事。但一到有人发现了身后的老船夫时，大家便把话语转了方向，故意来谈下河油价涨落情形了。老船夫心中很不安，正想找一个比较要好的水手谈谈。

一会儿船总顺顺从外面回来了，样子沉沉的，这豪爽正直的中年人，正似乎为不幸打倒，努力想挣扎爬起的神气，一见到老船夫就说：

“老伯伯，我们谈的那件事情吹了吧。天保大老已经坏了，你知道了吧？”

老船夫两只眼睛红红的，把手搓着：“怎么的，这是真事！这不会是真事！是昨天，是前天？”

另一个像是赶路，回来报信的，便插嘴说道：“十六中上，船搁到石包子上，船头进了水，大老想把篙撇着，人就弹到水中去了。”

老船夫说：“你眼见他下水吗？”

“我还和他同时下水！”

“他说什么？”

“什么都来不及说！这几天来他都不说话！”

老船夫把头摇摇，向顺顺那么怯怯的瞄了一眼。船总顺顺像知道他的心中不安处，就说：“伯伯，一切是天，算了吧。我这里有大兴场人送来的好烧酒，你拿一点去喝吧。”一个伙计用竹筒子上了一筒酒，用新桐木叶蒙着筒口，交给了老船夫。

老船夫把酒拿走，到了河街后，低头向河码头走去，到河边天保大老前天上船处去看看。杨马兵还在那里放马到沙地上打滚，自己坐在柳树荫下乘凉。老船夫就走过去请马兵试试那大兴场的烧酒，两人喝了点酒后，兴致似乎好些了，老船夫就告给杨马兵，十四夜里二老两兄弟过碧溪岨唱歌那件事情。

那马兵听到后便说：

“伯伯，你是不是以为翠翠愿意二老，应该派归二老……”

话不说完，傩送二老却从河街下来了。这年青人正像要远行的样子，一见了老船夫就回头走去。杨马兵喊他说：“二老，二老，你来，我有话同你说呀！”

二老站定了，很不高兴神气，问马兵“有什么话说。”马兵望望老船夫，就向二老说：“你来，有话说！”

“什么话？”

“我听人说你已经走了——你过来我同你说，我不会吃掉你！你什么时候走？”

那黑脸宽肩膊，样子虎虎有生气的傩送二老，勉强似的笑着，到了柳荫下时，老船夫想把空气缓和下来，指着河上游远处那座新碾坊说：“二老，听人说那碾坊将来是归你的！归了你，派我来守碾子，行不行？”

二老仿佛听不惯这个询问的用意，便不作声。杨马兵看风头有点儿僵，便说：“二老，你怎么的，预备下去吗？”那年青人把头点点，不再说什么，就走开了。

老船夫讨了个没趣，很懊恼的赶回碧溪岨去。到了渡船上时，就装作把事情看得极随便似的，告给翠翠：

“翠翠，今天城里出了件新鲜事情，天保大老驾油船下辰州，运气不好，掉到茨滩淹坏了。”

翠翠因为听不懂，对于这个报告最先好像全不在意。祖父又说：

“翠翠，这是真事。上次来到这里做保山的那个杨马兵，还说我早不答应亲事，极有见识！”

翠翠瞥了祖父一眼，见他眼睛红红的，知道他喝了酒，且有了点事情不高兴，心中想：“谁撩你生气？”船到家边时，祖父不自然的笑着向家中走去。翠翠守船，半天不闻祖父声息，赶回家去看看，见祖父正坐在门槛上编草鞋耳子。

翠翠见祖父神气极不对，就蹲到他身前去。

“爷爷，你怎么的？”

“天保当真死了！二老生了我们的气，以为他家中出这件事情，是我们分派的！”

有人在溪边大喊渡船过渡，祖父匆匆出去了。翠翠坐在那屋角隅稻草上，心中极乱，等等还不见祖父回来，就哭起来了。

十七

祖父似乎生谁的气，脸上笑容减少了，对于翠翠方面也不大注意了。翠翠像知道祖父已不很疼她，但又像不明白它的真正原因。但这并不是很久的事，日子一过去，也就好了。两人仍然划船过日子，一切依旧，惟对于生活，却仿佛什么地方有了个看不见的缺口，始终无法填补起来。祖父过河街去仍然可以得到船总顺顺的款待，但很明显的事，那船总却并不忘掉死去者死亡的原因。二老出白河下辰州走了六百里，沿河找寻那个可怜哥哥的尸骸，毫无结果，在各处税关上贴下招字，返回茶峒来了。过不久，他又过川东去办货，过渡时见到老船夫。老船夫看看那小伙子，好像已完全忘掉了从前的事情，就同他说话。

“二老，大六月日头毒人，你又上川东去，不怕辛苦！”

“要饭吃，头上是火也得上路！”

“要吃饭？二老家还少饭吃！”

“有饭吃，爹爹说年青人也不应该在家中白吃不作事！”

“你爹爹好吗？”

“吃得做得，有什么不好！”

“你哥哥坏了，我看你爹爹为这件事情也好像萎悴多了！”

二老听到这句话，不作声了，眼睛望着老船夫屋后那个白塔。他似乎想起了过去那个晚上，那件旧事，心中十分惆怅。

老船夫怯怯的望了年青人一眼，一个微笑在脸上漾开。

“二老，我家里翠翠说，五月里有天晚上，做了个梦……”说时他又望望二老，见二老并不惊讶，也不厌烦，于是又接着说：“她梦的古怪，说在梦中被一个人的歌声浮起来，上对溪悬岩摘了一把虎耳草！”

二老把头偏过一旁去作了一个苦笑，心中想到“老头子倒会做作”。这点意思在那个苦笑上，仿佛同样泄露出来，仍然被老船夫看到了，老船夫显得有点慌张，就说：“二老，你不相信吗？”

那年青人说：“我怎么不相信？因为我做傻子在那边岩上唱过一晚的歌！”

老船夫被一句料想不到的老实话窘住了，口中结结巴巴的说：“这是真的……这是假的……”

“怎么不是真的？天保大老的死，难道不是真的！”

“可是，可是……”

老船夫的做作处，原意只是想把事情弄明白一点，但一起始自己叙述这段事情时，方法上就有了错处，故反为被二老误会了。他这时正想把那夜的情形好好说出来，船已到了岸边。二老一跃上了岸，就想走去。老船夫在船上显得更加忙乱的样子说：

“二老，二老，你等等，我有话同你说，你先前不是说到那个——你做傻子的事情吗？你并不傻，别人方当真为你那歌弄成傻相！”

那年青人虽站定了，口中却轻轻地说：“得了够了，不要说了。”

老船夫说：“二老，我听说你不要碾子要渡船，这是杨马兵说的，不是真的打算吧？”

那年青人说：“要渡船又怎样？”

老船夫看看二老的神气，心中忽然高兴起来了，就情不自禁的高声叫着翠翠，要她下溪边来。可是事不凑巧，不知翠翠是故意不从屋里出来，还是到别处去了，许久还不见到翠翠的影子，也不闻这个女孩子的声音。二老等了一会儿看看老船夫那副神气，一句不说，便微笑着，大踏步同一个挑担粉条白糖货物的脚夫走去了。

过了碧溪岨小山，两人应沿着一条曲曲折折的竹林走去，那个脚夫这时节开了口：

“傩送二老，我看那弄渡船的神气，很欢喜你！”

二老不作声，那人就又说道：

“二老，他问你要碾坊还是要渡船，你当真预备作他的孙女婿，接替他那只破渡船吗？”

二老笑了，那人又说：

“二老若这件事派给我，我要那座碾坊。一座碾坊的出息，每天可收七升米，三斗糠。”

二老说：“我回来时和我爹爹去说，为你向中寨人做媒，让你得到那座碾坊吧。至于我呢，我想弄渡船是很好的。只是老的为人弯弯曲曲，不利索，大老是他弄死的。”

老船夫见了二老那么走去了，翠翠还不出来，心中很不快乐，走回家去看看，原来翠翠并不在家。过一会，翠翠提了个篮子从小山后回来，方知道大清早翠翠已出门掘竹鞭笋去了。

“翠翠，我喊了你好久，你不听到！”

“做什么喊我？”

“一个人过渡，……一个熟人，我们谈起你，……我喊你，你可不答应！”

“是谁？

“你猜，翠翠，不是陌生人，……你认识他！”

翠翠想起适间从竹林里无意中听来的话，脸红了，半天不说话。

老船夫问：“翠翠，你得了多少鞭笋？”

翠翠把竹篮向地下一倒，除了十来根小小鞭笋外，只是一大把虎耳草。

老船夫望了翠翠一眼，翠翠两颊绯红跑了。

十八

日子平平的过了一个月，一切人心上的病痛，似乎皆在那么份长长的白日下医治好了。天气特别热，各人皆只忙着流汗，用凉水淘江米酒吃，不用什么心事，心事在人生活中，也就留不住了。翠翠每天皆到白塔下背太阳的一面去午睡，高处既极凉快，两山竹篁里叫得使人发松的竹雀，与其他鸟类，又如此之多，致使她在睡梦里尽为山鸟歌声所浮着，做的梦便常是顶荒唐的梦。

这不是人生罪过。诗人们会在一件小事上写出一整本整部的诗，雕刻家在一块石头上雕得出的骨血如生的人像，画家一撇儿绿，一撇儿红，一撇儿灰，画得出一幅一幅带有魔力的彩画，谁不是为了惦着一个微笑的影子，或是一个皱眉的记号，方弄出那么些古怪成绩？翠翠不能用文字，不能用石头，不能用颜色，把那点心头上的爱憎移到别一件东西上去，却只让她的心，在一切顶荒唐事情上驰骋。她从这分隐秘里，便常常得到又惊又喜的兴奋。一点儿不可知的未来，摇撼她的情感极厉害，她无从完全把那种痴处不让祖父知道。

祖父呢，可以说一切都知道了的。但事实上他又却是个一无所知的人。他明白翠翠不讨厌那个二老，却不明白那小伙子二老近来怎么样。他从船总处与二老处，皆碰过了钉子，但他并不灰心。

“要安排得对一点，方合道理，一切有个命！”他那么想着，就更显得好事多磨起来了。睁着眼睛时，他做的梦比那个外孙女翠翠便更荒唐更寥阔。

他向各个过渡本地人打听二老父子的生活，关切他们如同自己家中人一样。但也古怪，因此他却怕见到那个船总同二老了。一见他们他就不知说些什么，只是老脾气把两只手搓来搓去，从容处完全失去了。二老父子方面皆明白他的意思，但那个死去的人，却用一个凄凉的印象，镶嵌到父子心中，两人便对于老船夫的意思，俨然全不明白似的，一同把日子打发下去。

明明白白夜来并不作梦，早晨同翠翠说话时，那作祖父的会说：

“翠翠，翠翠，我昨晚上做了个好不怕人的梦！”

翠翠问：“什么怕人的梦？”

就装作思索梦境似的，一面细看翠翠小脸长眉毛，一面说出他另一时张着眼睛所做的好梦。不消说，那些梦原来都并不是当真怎样使人吓怕的。

一切河流皆得归海，话起始说得纵极远，到头来总仍然是归到使翠翠红脸那件事情上去。待到翠翠显得不大高兴，神气上露出受了点小窘时，这老船夫又才像有了一点儿吓怕，忙着解释，用闲话来遮掩自己所说到那问题的原意。

“翠翠，我不是那么说，我不是那么说。爷爷老了，糊涂了，笑话多咧。”

但有时翠翠却静静的把祖父那些笑话糊涂话听下去，一直听到后来还抿着嘴儿微笑。

翠翠也会忽然说道：

“爷爷，你真是有一点儿糊涂！”

祖父听过了不再作声，他将说“我有一大堆心事”，但来不及说，恰好就被过渡人喊走了。

天气热了，过渡人从远处走来，肩上挑的是七十斤担子，到了溪边，贪凉快不即走路，必蹲在岩石下茶缸边喝凉茶，与同伴交换“吹吹棒”烟管，且一面与弄渡船的攀谈。许多天上地下子虚乌有的话皆从此说出口来，给老船夫听到了。过渡人有时还因溪水清洁，就溪边洗脚抹澡的，坐得更久话也就更多。祖父把些话转说给翠翠，翠翠也就学懂了许多事情。货物的价钱涨落呀，坐轿搭船的用费呀，放木筏的人把他那个木筏从滩上流下时，十来把大招子如何活动呀，在小烟船上吃荤烟，大脚婆娘如何烧烟呀……无一不备。

傩送二老从川东押物回到了茶峒。时间已近黄昏了，溪面很寂静，祖父同翠翠在菜园地里看萝卜秧子。翠翠白日中觉睡久了些，觉得有点寂寞，好像听人嘶声喊过渡，就争先走下溪边去。下坎时，见两个人站在码头边，斜阳影里背身看得极分明，正是傩送二老同他家中的长年！翠翠大吃一惊，同小兽物见到猎人一样，回头便向山竹林里跑掉了。但那两个在溪边的人，听到脚步响时，一转身，也就看明白这件事情了。等了一下再也不见人来，那长年又嘶声音喊叫过渡。

老船夫听得清清楚楚，却仍然蹲在萝卜秧地上数菜，心里觉得好笑。他已见到翠翠走去，他知道必是翠翠看明白了过渡人是谁，故意蹲在那高岩上不理会。翠翠人小不管事，过渡人求她不干，奈何她不得，故只好嘶着个喉咙叫过渡了。那长年叫了几声，见没有人来，就停了，同二老说：“这是什么玩意儿，难道老的害病弄翻了，只剩下翠翠一个人了吗？”二老说：“等等看，不算什么！”就等了一阵。因为这边在静静的等着，园地上老船夫却在心里说：“难道是二老吗？”他仿佛担心搅恼了翠翠似的，就仍然蹲着不动。

但再过一阵，溪边又喊起过渡来了，声音不同了一点，这才真是二老的声音。生气了吧？等久了吧？吵嘴了吧？老船夫一面胡乱估着，一面连奔带窜跑到溪边去。到了溪边，见两个人业已上了船，其中之一正是二老。老船夫惊讶地喊叫：

“呀，二老，你回来了！”

年青人很不高兴似的：“回来了——你们这渡船是怎么的，等了半天也不来个人！”

“我以为——”老船夫四处一望，并不见翠翠的影子，只见黄狗从山上竹林里跑来，知道翠翠上山了，便改口说，“我以为你们过了渡。”

“过了渡！不得你上船，谁敢开船？”那长年说着，一只水鸟掠着水面飞去，“翠鸟儿归窠了，我们还得赶回家去吃夜饭！”

“早咧，到河街早咧。”说着，老船夫跳上了船，且在心中一面说着，“你不是想承继这只渡船吗！”一面把船索拉动，船便离岸了。

“二老，路上累得很！……”

老船夫说着，二老不置可否不动感情听下去。船拢了岸，那年青小伙子同家中长年话也不说挑担子翻山走了。那点淡漠印象留在老船夫心上，老船夫于是在两个人身后，捏紧拳头威吓了三下，轻轻地吼着，把船拉回去了。

十九

翠翠向竹林里跑去，老船夫半天还不下船，这件事从傩送二老看来，前途显然有点不利。虽老船夫言词之间，无一句话不在说明“这事有边”，但那畏畏缩缩的说明，极不得体。二老想起他的哥哥，便把这件事曲解了。他有一点愤愤不平，有一点儿气恼。回到家里第三天，中寨有人来探口风，在河街顺顺家中住下，把话问及顺顺，想明白二老的心中，是不是还有意接受那座新碾坊，顺顺就转问二老自己意见怎么样。

二老说：“爸爸，你以为这事为你，家中多座碾坊多个人，你可以快活，你就答应了。若果为的是我，我要好好去想一下，过些日子再说它吧。我尚不知道我应当得座碾坊，还应当得一只渡船；因为我命里或只许我撑个渡船！”

探口风的人把话记住，回中寨去报命。到碧溪岨过渡时，见到了老船夫，想起二老说的话，不由得不眯眯的笑着。老船夫问明白了他是中寨人，就又问他上城作些什么事。

那心中有分寸的中寨人说：

“什么事也不作，只是过河街船总顺顺家里坐了一会儿。”

“无事不登三宝殿，坐了一定就有话说！”

“话倒说了几句。”

“说了些什么话？”那人不再说了。老船夫却问道：“听说你们中寨人想把河边一座碾坊连同家中闺女送给河街上顺顺，这事情有不有了点眉目？”

那中寨人笑了：“事情成了。我问过顺顺，顺顺很愿意和中寨人结亲家，又问过那小伙子……”

“小伙子意思怎么样？”

“他说：我跟前有座碾坊，有条渡船，我本想要渡船，现在就决定要碾坊吧。渡船是活动的，不如碾坊固定，这小子会打算盘呢。”

中寨人是个米场经纪人，话说得极有斤两，他明知道“渡船”指的是什么意思，但他可并不说穿。他看到老船夫口唇蠕动，想要说话，便又抢着说道：

“一切皆是命，半点不由人。可怜顺顺家那个大老，相貌一表堂堂，会淹死在水里！”

老船夫被这句话在心上戳了一下，把想问的话咽住了。中寨人上岸走去后，老船夫闷闷的立在船头，痴了许久。又把二老日前过渡时落漠神气温习一番，心中大不快乐。

翠翠在塔下玩得极高兴，走到溪边高岩上想要祖父唱唱歌，见祖父不理会她，一路埋怨赶下溪边去。到了溪边方见到祖父神气十分沮丧，可不明白为什么原因。翠翠来了，祖父看看翠翠的快活黑脸儿，粗卤的笑笑。对溪有扛货物过渡的，便不说什么，沉默的把船拉过溪南，到了中心却大声唱起歌来了。把人渡了过溪，祖父跳上码头走近翠翠身边来，还是那么粗卤的笑着，把手抚着头额。

翠翠说：

“爷爷怎么的，你发痧了？你躺到荫下去歇歇，我来管船！”

“你来管船，好的妙的，这只船归你管！”

老船夫似乎当真发了痧，心头发闷，虽当着翠翠还显出硬扎样子，独自走回屋里后，找寻得到一些碎瓷片，在自己臂上腿上扎了几下，放出了些乌血，就躺到床上睡了。

翠翠自己守船，心中却古怪的快乐高兴，心想：“爷爷不为我唱歌，我自己会唱！”

她唱了许多歌，老船夫躺在床上闭着眼睛，一句一句听下去，心中极乱。但他知道这不是能够把他打倒的大病，到明天就仍然会爬起来的。他想明天进城，到河街去看看，又想起另外许多旁的事情。

但到了第二天，人虽起了床，头还沉沉的。祖父当真已病了。翠翠显得懂事了些，为祖父煎了一罐大发药，逼着祖父喝，又觅过屋后菜园地里摘取蒜苗泡在米汤里作酸蒜苗。一面照料船只，一面还时时刻刻抽空赶回家来看祖父，问这样那样。祖父可不说什么，只是为一个秘密痛苦着。躺了三天，人居然好了。屋前屋后走动了一下，骨头还硬硬的，心中惦念到一件事情，便预备进城过河街去。翠翠看不出祖父有什么要紧事情，必须当天入城，请求他莫去。

老船夫把手搓着，估量到是不是应说出那个理由。在面前，翠翠一张黑黑的瓜子脸，一双水汪汪的眼睛，使他吁了一口气。

他说：“我有要紧事情，得今天去！”

翠翠苦笑着说：“有多大要紧事情，还不是……”

老船夫知道翠翠脾气，听翠翠口气已经有点不高兴，不再说要走了，把预备带走的竹筒，同扣花褡裢搁到长几上后，带点儿谄媚笑着说：“不去吧，你担心我会把自己摔死，我就不去吧。我以为天气早上不很热，到城里把事办完了就回来——不去也得，我明天去！”

翠翠轻声的温柔的说："你明天去也好，你腿还软！好好的躺一天再起来。"

老船夫似乎心中还不甘服，撇着两手走出去，在门限边一个打草鞋的棒槌，差点儿把他绊了一大跤。稳住了时翠翠苦笑着说："爷爷，你瞧，还不服气！"老船夫拾起那棒槌，向屋角隅摔去，说道："爷爷老了！过几天打豹子给你看！"

到了午后，落了一阵行雨，老船夫却同翠翠好好商量，仍然进了城。翠翠不能陪祖父进城，就要黄狗跟去。老船夫在城里被一个熟人拉着谈了许久盐价米价，又过守备衙门看了一会厘金局长新买的骡马，方到河街顺顺家里去。到了那里，见顺顺正同三个人打纸牌，不便谈话，就站在身后看了一阵牌。后来顺顺请他喝酒，借口病刚好点不敢喝酒，推辞了。牌既不散场，老船夫又不想即走，顺顺似乎并不明白他等着有何话说，却只注意手中的牌。后来老船夫的神气倒为另外一个人看出了，就问他是不是有什么事情。老船夫方忸忸怩怩照老方子搓着他那两只大手，说别的事没有，只想同船总说两句话。

那船总方明白在身后看牌半天的理由，回头对老船夫笑将起来。

"怎不早说？你不说，我还以为你在看我牌学张子！"

"没有什么，只是三五句话，我不便扫兴，不敢说出！"

船总把牌向桌上一撒，笑着向后房走去了，老船夫跟在身后。

"什么事？"船总问着，神气似乎先就明白了他来此要说的话，显得略微有点怜悯的样子。

"我听一个中寨人说你预备同中寨团总打亲家，是不是真事？"

船总见老船夫的眼睛盯着他的脸，想得一个满意的回答，就说："有这事情。"那么答应，意思却是："有了你怎么样？"

老船夫说："真的吗？"

那一个又很自然地说："真的。"意思却依旧包含了"真的又怎么样？"一个疑问。

老船夫装得很从容地问：“二老呢？”

船总说：“二老坐船下桃源好些日子了！”

二老下桃源的事，原来还同他爸爸吵了一阵方走的。船总性情虽异常豪爽，可不愿意间接把第一个儿子弄死的女孩子，又来作第二个儿子的媳妇，这是很明白的事情。若照当地风气，这些事认为只是小孩子的事，大人管不着，二老当真欢喜翠翠，翠翠又爱二老，他也并不反对这种爱怨纠缠的婚姻。但不知怎么的，老船夫对于这件事情的关心处，使二老父子对于老船夫反而有了一点误会。船总想起家庭间的近事，以为全与这老而好事的船夫有关，虽不见诸形色，心中却有个疙瘩。

船总不让老船夫再开口了，就语气略粗的说道：

“伯伯，算了吧，我们的口只应当喝酒了，莫再只想替儿女唱歌！你的意思我全明白，你是好意。可是我也求你明白我的意思，我以为我们只应当谈点自己分上的事情，不适宜于想那些年青人的门路了。”

老船夫被一个闷拳打倒后，还想说两句话，但船总却不让他再有说话的机会，把他拉出到牌桌边去。

老船夫无话可说，看看船总时，船总虽还笑着谈到许多笑话，心中却似乎很沉郁，把牌用力掷到桌上去。老船夫不说什么，戴起他那个斗笠，自己走了。

天气还早，老船夫心中很不高兴，又进城去找杨马兵。那马兵正在喝酒，老船夫虽推病，也免不了喝个三五杯。回到碧溪岨，走得热了一点，又用溪水去抹身子。觉得很疲倦，就要翠翠守船，自己回家睡去了。

黄昏时天气十分郁闷，溪面各处飞着红蜻蜓。天上已起了云，热风把两山竹篁吹得声音极大，看样子到晚上必落大雨。翠翠守在渡船上，看着那些溪面飞来飞去的蜻蜓，心也极乱。看祖父脸上颜色惨惨的，放心不下，便又赶回家中去。先以为祖父一定早睡了，谁知还坐在门限上打草鞋！

“爷爷，你要多少双草鞋，床头上不是还有十四双吗？怎么不好好的躺一躺？”

老船夫不作声，却站起身来昂头向天空望着，轻轻的说：“翠翠，今晚上要落大雨响大雷的！回头把我们的船系到岩下去，这雨大哩。”

翠翠说：“爷爷，我真吓怕！”翠翠怕的似乎并不是晚上要来的雷雨。

老船夫似乎也懂得那个意思，就说：“怕什么？一切要来的都得来，不必怕！”

二十

夜间果然落了大雨，挟以吓人的雷声。电光从屋脊上掠过时，接着就是訇的一个炸雷。翠翠在暗中抖着。祖父也醒了，知道她害怕，且担心她招凉，还起身来把一条布单搭到她身上去。祖父说：

“翠翠，不要怕！”

翠翠说：“我不怕！”说了还想说：“爷爷你在这里我不怕！”

訇的一个大雷，接着是一种超越雨声而上的洪大闷重倾圮声。两人皆以为一定是溪岸悬崖崩落了！担心到那只渡船，会早已压在崖石下面去了。

祖孙两人便默默的躺在床上听雨声雷声。

但无论如何大雨，过不久，翠翠却依然就睡着了。醒来时天已大亮，雨不知在何时业已止息，只听到溪两岸山沟里注水入溪的声音。翠翠爬起身来，看看祖父还似乎睡得很好，开了门走出去，门前已变成为一个水沟，一股浊流便从塔后哗哗的流来，从前面悬崖直堕而下。并且各处皆是那么一种临时的水道。屋旁菜园地已为山水冲乱了，菜秧皆掩在粗砂泥里了。再走过前面去看看溪里一切，才知道溪中也涨了大水，已漫过了码头，水脚快到茶缸边了。下到码头去的那条路，正同一条小河一样，哗哗的泄着黄泥水。过渡的那一条横溪牵定的缆绳，已被水淹去了。泊在崖下的渡船，已不见了。

翠翠看看屋前悬崖并不崩坍，故当时还不注意渡船的失去。但再过一阵，她上下搜索不到这东西，无意中回头一看，屋后白塔已不见了。一惊非同小可，赶忙向屋后跑去，才知道白塔业已坍倒，大堆砖石极凌乱的摊在那儿。翠翠吓慌得不知所措，只锐声叫她的祖父。祖父不起身，也不答应，就赶回家里去，到得祖父床边摇了祖父许久，祖父还不作声。原来这个老年人在雷雨将息时已死去了。

翠翠于是大哭起来。

过一阵，有从茶峒过川东跑差事的人，到了溪边，隔溪喊过渡。翠翠正在灶边一面哭着一面烧水预备为死去的祖父抹澡。

那人以为老船夫一家还不醒，急于过河，喊叫不应，就抛掷小石头过溪，打到屋顶上。翠翠鼻涕眼泪成一片的走出来，跑到溪边高崖前站定。

“喂，不早了！把船划过来！”

“船跑了！”

“你爷爷做什么事情去了呢？他管船，有责任！”

“他管船，管了五十年的船——他死了啊！”

翠翠一面向隔溪人说着一面大哭起来。那人知道老船夫死了，得进城去报信，就说：

“真死了吗？不要哭吧，我回城去告他们，要他们弄条船带东西来！”

那人回到茶峒城边时，一见熟人就报告这件事，不多久，全茶峒城里外便皆知道这个消息了。河街上船总顺顺，派人找了一只空船，带了副白木匣子，即刻向碧溪岨撑去。城中杨马兵却同一个老军人，赶到碧溪岨去了，砍了几十根大毛竹，用葛藤编作筏子，作为来往过渡的临时渡船。筏子编好后，撑了那个东西，到翠翠家中那一边岸下，留老兵守竹筏来往渡人，自己跑到翠翠家去看那个死者，眼泪湿莹莹的，摸了一会躺在床上硬僵僵的老友，又赶忙着做些应做的事情。到后帮忙的人来了，从大河船上运来棺木也来了，住在城中的老道士，还带了许多法器，一件旧麻布道袍，并提了一只大公鸡，来尽义务办理念经起水诸事，也从筏上渡过来了。家中人出出进进，翠翠只坐在灶边矮凳上呜呜的哭着。

到了中午，船总顺顺也来了，还跟着一个人扛了一口袋米，一坛酒，大腿猪肉。见了翠翠就说：

“翠翠，爷爷死了我知道了，老年人是必需死的，不要发愁，一切有我！”

各方面看看，就回去了。到了下午入了殓，一些帮忙的回的回家去了，晚上便只剩下了那老道士、杨马兵同顺顺家派来的两个年青长年。黄昏以前老道士用红绿纸剪了一些花朵，用黄泥作了一些烛台。天断黑后，棺木前小桌上点起黄色九品蜡，燃了香，棺木周围也点了小蜡烛，老道士披上那件蓝麻布道袍，开始了丧事中绕棺仪式。老道士在前拿着个小小纸幡引路，孝子第二，马兵殿后，绕着那具寂寞棺木慢慢转着圈子。两个长年则站在灶边空处，胡乱的打着锣钹。老道士一面闭了眼睛走去，一面且唱且哼，安慰亡灵。提到关于亡魂所到西方极乐世界花香四季时，老马兵就把木盘里的纸花，向棺木上高高撒去，象征这个西方极乐世界情形。

到了半夜，法事办完了，放过爆竹，蜡烛也快熄灭了，翠翠眼泪婆娑的，赶忙又到灶边去烧火，为帮忙的人办消夜。吃了消夜，老道士歪到死人床上睡着了。剩下几个人还得照规矩在棺木前守夜，老马兵为大家唱丧堂歌取乐，用个空的量米木升子，当作小鼓，把手剥剥剥的一面敲着升底一面唱下去——唱王祥卧冰的事情，唱黄香扇枕的事情。

翠翠哭了一整天，也同时忙了一整天，到这时已倦极，把头靠在棺前迷着了，两个长年同马兵既吃了消夜，喝过两杯酒，精神还虎虎的，便轮流把丧堂歌唱下去。但只一会儿，翠翠又醒了，仿佛梦到什么，惊醒后，明白祖父已死，于是又幽幽的干哭起来。

“翠翠，翠翠，不要哭啦，人死了哭不回来的！”

老马兵接着就说了一个做新嫁娘的人哭泣的笑话，话语中夹杂了三五个粗野字眼儿，因此引起两个长年咕咕的笑了许久。黄狗在屋外吠着，翠翠开了大门，到外面去站了一会，耳听到各处是虫声，天上月色极好，大星子嵌进透蓝天空里，非常沉静温柔。翠翠心想：

“这是真事吗？爷爷当真死了吗？”

老马兵原来跟在她的后边，因为他知道女孩子心门儿窄，说不定一炉火闷在灰里，痕迹不露，见祖父去了，自己一切皆已无望，跳崖悬梁，想跟着祖父一块儿去，也说不定！故随时小心监视到翠翠。

老马兵见翠翠痴痴的站着，时间过了许久还不回头，就打着咳叫翠翠说：

“翠翠，露水落了，不冷么？”

“不冷。”

“天气好得很！”

“呀……”一颗大流星使翠翠轻轻的喊了一声。

接着南方又是一颗流星划空而下。对溪有猫头鹰叫。

“翠翠，”老马兵业已同翠翠并排一块儿站定了，很温和的说：“你进屋里睡去了吧，不要胡思乱想！”

翠翠默默的回到祖父棺木前，坐在地上又呜咽起来。守在屋中两个长年已睡着了。

那一个马兵便幽幽的说道：“不要哭了！不要哭了！你爷爷也难过咧。眼睛哭胀喉咙哭嘶有什么好处。听我说，爷爷的心事我全都知道，一切有我。我会把一切安排得好好的，对得起你爷爷。我会安排，什么事都会。我要一个爷爷欢喜你也欢喜的人来接收这只渡船！不能如我们的意，我老虽老，还能拿镰刀同他们拼命。翠翠，你放心，一切有我！……”

远处不知什么地方鸡叫了，老道士在那边床上胡胡涂涂的自言自语：“天亮了吗？早咧！”

二十一

大清早，帮忙的人从城里拿了绳索杠子赶来了。

老船夫的白木小棺材，为六个人抬着到那个倾圮了的塔后山岨上去埋葬时，船总顺顺，马兵，翠翠，老道士，黄狗，皆跟在后面。到了预先掘就的方阱边，老道士照规矩先跳下去，把一点朱砂颗粒同白米，安置到阱中四隅及中央，又烧了一点纸钱，爬出阱时就要抬棺木的人动手下肂[①]。翠翠哑着喉咙干号，伏在棺木上不起身。经马兵用力把她拉开，方能移动棺木。一会儿，那棺木便下了阱，拉去了绳子，调整了方向，被新土掩盖了，翠翠还坐在地上呜咽。老道士要赶早回城，去替人做斋，过渡走了。船总事多，把这方面一切事托付给老马兵，也赶回城去了。帮忙的皆到溪边去洗手，家中各人还有各人的事，且知道这家人的情形，不便再叨扰，也不再惊动主人，过渡回家去了。于是碧溪岨便只剩下三个人，一个是翠翠，一个是老马兵，一个是由船总家派来暂时帮忙照料渡船的秃头陈四四。黄狗因为被那秃头打了一石头，怀恨在心，对于那秃头仿佛很不高兴，尽是轻轻的吠着。

到了下午，翠翠同老马兵商量，要老马兵回城去，把马托给营里人照料，再回碧溪岨来陪她。老马兵回转碧溪岨时，秃头陈四四被打发回城去了。

翠翠仍然自己同黄狗来弄渡船，让老马兵坐在溪岸高崖上玩，或嘶着个老喉咙唱歌给她听。

过三天后船总来商量接翠翠过家里去住，翠翠却想看守祖父的坟山，不愿即刻进城。只请船总过城里衙门去为说句话，许杨马兵暂时同她住住，船总顺顺答应了这件事，就走了。

杨马兵既是个五十岁了的人，说故事的本领比翠翠祖父高一筹，加

① 肂（sì）：埋棺材的坑。

之凡事特别关心，做事又勤快又干净，因此同翠翠住下来，使翠翠仿佛去了一个祖父，却新得了一个伯父。过渡时有人问及可怜的祖父，黄昏时想起祖父，皆使翠翠心酸，觉得十分凄凉。但这分凄凉日子过久一点，也就渐渐淡薄些了。两人每日在黄昏中同晚上，坐在门前溪边高崖上，谈点那个躺在湿土里可怜祖父的旧事，有许多是翠翠先前所不知道的，说来便更使翠翠心中柔和。又说到翠翠的父亲，那个又要爱情又惜名誉的军人，在当时按照绿营军勇的装束，如何使女孩子动心。又说到翠翠的母亲，如何善于唱歌，而且所唱的那些歌在当时如何流行。

时候变了，一切也自然不同了，皇帝已不再坐江山，平常人还消说！杨马兵想起自己年青作马夫时，牵了马匹到碧溪岨来对翠翠母亲唱歌，翠翠母亲不理会，到如今自己却成为这孤雏的唯一靠山唯一信托人，不由得不苦笑。

因为两人每个黄昏必谈祖父，以及这一家有关系的事情，后来便说到了老船夫死前的一切，翠翠因此明白了祖父活时所不提到的许多事。二老的唱歌，顺顺大儿子的死，顺顺父子对于祖父的冷淡，中寨人用碾坊作陪嫁妆奁，诱惑傩送二老，二老既记忆着哥哥的死亡，且因得不到翠翠理会，又被家中逼着接受那座碾坊，意思还在渡船，因此抖气下行，祖父的死因，又如何与翠翠有关……凡是翠翠不明白的事，如今可全明白了。翠翠把事情弄明白后，哭了一个夜晚。

过了四七[①]，船总顺顺派人来请马兵进城去，商量把翠翠接到他家中去，作为二老的媳妇。但二老人既在辰州，先就莫提这件事，且搬过河街去住，等二老回来时再看看二老意思。马兵以为这件事得问翠翠。回来时，把顺顺的意思向翠翠说过后，又为翠翠出主张，以为名分既不定妥，到一个生人家里去不好，还是不如在碧溪岨等，等到二老驾船回来时，再看二老意思。

---

① 四七：自死者去世之日起，每七天为一个祭日，共七个祭日，合四十九天，其中第四个祭日称“四七”。

这办法决定后，老马兵以为二老不久必可回来的，就依然把马匹托营上人照料，在碧溪岨为翠翠作伴，把一个一个日子过下去。

碧溪岨的白塔，与茶峒风水有关系，塔圮坍了，不重新作一个自然不成。除了城中营管、税局以及各商号各平民捐了些钱以外，各大寨子也有人拿册子去捐钱。为了这塔成就并不是给谁一个人的好处，应尽每一个人来积德造福，尽每个人皆有捐钱的机会，因此在渡船上也放了个两头有节的大竹筒，中部锯了一口，尽过渡人自由把钱投进去，竹筒满了马兵就捎进城中首事人处去，另外又带了个竹筒回来。过渡人一看老船夫不见了，翠翠的辫子上扎了白线，就明白那老的已作完了自己分上的工作，安安静静躺在土坑里给小蛆吃掉了，必一面用同情的眼色瞧着翠翠，一面摸出钱来塞到竹筒中去。“天保佑你，死了的到西方去，活下的永保平安。”翠翠明白那些捐钱人的怜悯与同情意思，心里酸酸的，忙把身子背过去拉船。

可是到了冬天，那个圮坍了的白塔，又重新修好了。那个在月下唱歌，使翠翠在睡梦里为歌声把灵魂轻轻浮起的年青人还不曾回到茶峒来。

……

这个人也许永远不回来了，也许“明天”回来！

（选自《边城》，1934 年 10 月由上海生活书店初版）

第二辑

导读

温暖的梦

四川大学文学博士 胡余龙

沈从文自出生的那一刻起，便与凤凰结下了不解之缘。在这一辑里，作者以优美而饱满的文字，描绘了“我”的童年，也勾勒了凤凰小城的风土人情。那里的景清新秀丽，那里的人纯朴真诚，一切都太过美好，仿若一场温暖的梦。

沈从文是那么热爱凤凰，连熙熙攘攘的集市也值得他魂牵梦萦，起伏的喧嚣好似滩水流动的声音，争论价钱的喊嚷犹如洪壮的潮声（《市集》）。即便是论说苗人放蛊的陋习、任性游侠的气概、浓艳炽烈的宗教情绪，也饱含着作者对家乡的关爱，体现出他对人性的尊重（《凤凰》）。

最难以让人忘怀的，是沈从文的童年经历。六岁时的一场大病差点夺走他幼小的性命，为了他的健康，家人帮他认了一名寄父（《滕回生堂的今昔》）；恃宠而骄的沈从文经常逃学，为了躲避惩罚，且一再说谎（《我读一本小书同时又读一本大书》）；转入新式小学以后，他更加自由，“到操坪中去打架”、爬上城墙欣赏河中景致、看木工手艺人新雕的佛像……这也许是沈从文一生之中最快乐的时光（《我上许多课仍然不放下那一本大书》）。

读沈从文的散文，内心平和而安详，又时时为他的真诚所打动。沈从文对凤凰的情感表达谈不上炽热，他只是平静地描述那里的每一个人、每一件事、每一处风景，以此来回放小时候的点点滴滴。“能逃学我逃学，不能逃学我就只好做梦”，沈从文的梦是这样细腻、轻柔而温暖。

市集

廉纤的毛毛细雨，在天气还没有大变以前欲雪未能的时节，还是霏霏微微一阵阵落将下来。一个小小乡场，位置在又高又大陡斜的山脚下，前面濒着一条躲躲儿[①]的河，为着如烟如雾雨丝，织成的帘幕，一起把它蒙罩着了。

照例的三八市集[②]，还是照例的有好多好多乡下人，小田主，买鸡到城里去卖的小贩子，花幞头大耳环丰姿隽爽的苗姑娘，以及一些穿灰色号褂子口上说是来察场弹压的讨人烦腻的副爷们，与穿高筒子老牛皮靴的团总，各从附近的乡村来做买卖。他们她们半路上由草鞋底带了无数黄泥浆到集上来，又从场上大坪坝内带了不少的灰色浊泥归去。去去来来，人也数不清多少。但似乎也并无一个做傻事去试数过一次。

集上的骚动，吵吵闹闹，凡是到过南方（湖湘以西）乡下的人，是都会知道的。

倘若你是由远远的另一处地方听着，那种喧嚣的起伏，你会疑心到是滩水流动的声音了！

他们形成这种洪壮的潮声，还只是一般做生意人在讨论价钱时很和平的每个论调而起。就中虽也有遇到卖牛的场上几个人像唱戏黑花脸出台时那么大喊大嚷找经纪人，也有因秤上你骂我一句娘，我又骂你一句娘，你又骂我一句娘……然而究竟还是因为人太多，一两桩事，实在是万万不能做到的！

卖猪的场上，他们把小猪崽的耳朵提起来给买主看时，那种尖锐的小猪崽嘶喊声，使人听来不愉快至于牙齿根也发酸。卖羊的场上，许多美丽驯服的小羊儿咩咩的喊着。一些不大守规矩的大羊，无聊似的，两个把前蹄举起来，作势用前额“訇”的相碰。大概相碰是可以驱逐无聊

① 躲躲儿：凤凰方言，小小的意思。

② 三八市集：市集的日子为每月初三、十三、二十三日和初八、十八、二十八日，称为三八市集。

的，所以第一次“訇”的碰后，却又作势立起来为第二次预备。牛场却单独占据在场左边一个大坪坝，因为牛的生意在这里占了全部交易四分之一以上。那里四面搭起无数小茅棚（棚内卖酒卖面），为一些成交后的田主们喝茶喝酒的地方。那里有大锅大锅煮得“稀糊之烂”的牛脏类下酒物，有大锅大锅香喷喷的肥狗肉，有从总兵营一带担来卖的高粱烧酒；也还有城里馆子特意来卖面的。假若你是城里人来这里卖面，他们因为想吃香酱油的缘故，都会来你馆子，那么，你生意便比其他铺子要更热闹了。

到城里时，我们所见到的东西，不过小摊子上每样有点罢了！这里可就大不相同。单单是卖鸡蛋的地方，一排一排地摆列着，满箩满筐的装着，你数过去，总是几十担。辣子呢，都是一屋一屋搁着。此外干了的黄色草烟，用为染坊染布的五倍子和栎木皮，还未榨出油来的桐茶子，米场上白濛白濛的米，屠场上大只大只失了脑袋刮得净白的肥猪，大腿大腿红腻腻还在跳动的牛肉……都多得怕人。

不大宽的河下，满泊着载人载物的灰色黄色小艇，一排排挤挤挨挨的相互靠着，也难于数清。

集中是没有什么统系制度。虽然在先前开场时，总也有几个地方上的乡约伯伯，团总，守汛的把总老爷，口头立了一个规约，卖物的照着生意大小缴纳千分之几——或至万分之几，但也有百分之几——的场捐，或经纪佣钱，棚捐，不过，假若你这生意并不大，又不须经纪人，则不须受场上的拘束，可以自由贸易了。

到这天，做经纪的真不容易！脚底下笼着他那双厚底高筒的老牛皮靴子（米场的），为这个爬斗；为那个倒箩筐。（牛羊场的）一面为这个那个拉拢生意，身上让卖主拉一把，又让买主拉一把；一面又要顾全到别的地方因争持时闹出岔子的调排，委实不是好玩的事啊！大概他们声音都略略嚷得有点嘶哑，虽然时时为别人扯到馆子里去润喉。不过，他今天的收入，也就很可以酬他的劳苦了。

…………

因为阴雨，又因为做生意的人各都是在别一个村子里坐家，有些还得在散场后走到二三十里路的乡村去；有些专靠漂场生意讨吃的还待赶到明天那个场上的生意，所以散场是很早。

不到晚炊起时，场上大坪坝似乎又觉得宽大空阔起来了！……再过些时候，除了屠桌下几只大狗在啃嚼残余因分配不平均的原故在那里不顾命的奋斗外，便只有由河下送来的几声清脆篙声了。

归去的人们，也间或有骑着家中打簖的雌马，马项颈下挂着一串小铜铃叮叮当当跑着的，但这是少数；大多数还是赖着两只脚在泥浆里翻来翻去。他们总笑嘻嘻的担着箩筐或背一个大竹背笼，满装上青菜，萝卜，牛肺，牛肝，牛肉，盐，豆腐，猪肠子……一类东西。手上提的小竹筒不消说是酒与油。有的拿草绳套着小猪小羊的颈项牵起忙跑；有的肩膊上挂了一个毛蓝布绣有白四季花或“福”字“万”字的褡裢，赶着他新买的牛（褡裢内当然已空）；有的却是口袋满装着钱心中满装着欢喜，——这之间各样人都有。

我们还有机会可以见到许多令人妒羡，赞美，惊奇，又美丽，又娟媚，又天真的青年老妳（苗小姐）和阿玡（苗妇人）。

故乡归梦之一，三月二十日于窄而霉小斋

（原载《燕大周刊》，后转载于1925年4月21日《京报·民众文艺》、1925年11月11日《晨报副刊》）

我读一本小书同时又读一本大书

我能正确记忆到我小时的一切，大约在两岁左右。我从小到四岁左右，始终健全肥壮如一只小豚。四岁时母亲一面告给我认方字，外祖母一面便给我糖吃，到认完六百生字时，腹中生了蛔虫，弄得黄瘦异常，只得每天用草药蒸鸡肝当饭。那时节我即已跟随了两个姊姊，到一个女先生处上学。那人既是我的亲戚，我年龄又那么小，过那边去念书，坐在书桌边读书的时节较少，坐在她膝上玩的时间或者较多。

到六岁时我的弟弟方两岁，两人同时出了疹子，时正六月，日夜皆在吓人高热中受苦，又不能躺下睡觉，一躺下就咳嗽发喘，又不要人抱，抱时全身难受，我还记得我同我那弟弟两人当时皆用竹簟卷好，同春卷一样，竖立在屋中阴凉处。家中人当时业已为我们预备了两具小小棺木；搁在院中廊下，但十分幸运，两人到后居然全好了。我的弟弟病后雇请了一个壮实高大的苗妇人照料，照料得法，他便壮大异常。我因此一病，却完全改了样子，从此不再与肥胖为缘了。

六岁时我已单独上了私塾。如一般风气，凡是私塾中给予小孩子的虐待，我照样也得到了一分。但初上学时我因为在家中业已认字不少，记忆力从小又似乎特别好，故比较其余小孩，可谓十分幸福。第二年后换了一个私塾，在这私塾中我跟从了几个较大的学生，学会了顽劣孩子抵抗顽固塾师的方法，逃避那些书本去同一切自然相亲近。这一年的生活形成了我一生性格与感情的基础。我间或逃学，且一再说谎，掩饰我逃学应受的处罚。我的爸爸因这件事十分愤怒，有一次竟说若再逃学说谎，便当实行砍去我一个手指。我仍然不为这话所恐吓，机会一来时总不把逃学的机会轻轻放过。当我学会了用自己眼睛看世界一切，到一切生活中去生活时，学校对于我便已毫无兴味可言了。

我爸爸平时本极爱我，我曾经有一时还作过我那一家的中心人物。

稍稍害点病时，一家人便光着眼睛不即睡眠，在床边服侍我，当我要谁抱时谁就伸出手来。家中那时经济情形很好，我在物质方面所享受到的，比起一般亲戚小孩似乎皆好得多。我的爸爸既一面只作将军的好梦，一面对于我却怀了更大的希望。他仿佛早就看出我不是个军人，不希望我作将军，却告给我祖父的许多勇敢光荣的故事，以及他庚子年间[①]所得的一分经验。他以为我不拘作什么事，总之应比作个将军高些。第一个赞美我明慧的就是我的爸爸。可是当他发现了我成天从塾中逃出到太阳底下同一群小流氓游荡，任何方法都不能拘束这颗小小的心，且不能禁止我狡猾的说谎时，我的行为实在伤了这个军人的心。同时那小我四岁的弟弟，因为看护他的苗妇人照料十分得法，身体养育得强壮异常，年龄虽小，便显得气派宏大，凝静结实，且极自尊自爱，故家中人对我感到失望时，对他便异常关切起来。这小孩子到后来也并不辜负家中人的期望，二十二岁时便作了步兵上校。至于我那个爸爸，却在蒙古，东北，西藏，各处军队中混过，民国二十年时还只是一个上校，把将军希望留在弟弟身上，在家乡从一种极轻微的疾病中便瞑目了。

我有了外面的自由，对于家中的爱护反觉处处受了牵制，因此家中人疏忽了我的生活时，反而似乎使我方便了一些。领导我逃出学塾，尽我到日光下去认识这大千世界微妙的光，稀奇的色，以及万汇百物的动静，这人是我一个张姓表哥。他开始带我到他家中橘柚园中去玩，到各处山上去玩，到各种野孩子堆里去玩，到水边去玩。他教我说谎，用一种谎话对付家中，又用另一种谎话对付学塾，引诱我跟他各处跑去。即或不逃学，学塾为了担心学童下河洗澡，每度中午散学时，照例必在每人手心中用朱笔写一大字，我们尚依然能够一手高举，把身体泡到河水中玩个半天，这方法也亏那表哥想出的。我感情流动而不凝固，一派清波给予我的影响实在不小。我幼小时较美丽的生活，大部分都与水不能

① 庚子年间：指 1900 年，是年八国联军侵华。

分离。我的学校可以说是在水边的。我认识美，学会思索，水对我有极大的关系。我最初与水接近，便是那荒唐表哥领带的。

现在说来，我在作孩子的时代，原本也不是个全不知自重的小孩子。我并不愚蠢。当时在一班表兄弟中和弟兄中，似乎只有我那个哥哥比我聪明，我却比其他一切孩子解事。但自从那表哥教会我逃学后，我便成为毫不自重的人了。在各样教训各样方法管束下，我不欢喜读书的性情，从塾师方面，从家庭方面，从亲戚方面，莫不对于我感觉得无多希望。我的长处到那时只是种种的说谎。我非从学塾逃到外面空气下不可，逃学过后又得逃避处罚，我最先所学，同时拿来致用的，也就是根据各种经验来制作各种谎话。我的心总得为一种新鲜声音，新鲜颜色，新鲜气味而跳。我得认识本人生活以外的生活。我的智慧应当从直接生活上得来，却不需从一本好书一句好话上学来。似乎就只这样一个原因，我在学塾中，逃学纪录点数，在当时便比任何一人都高。

离开私塾转入新式小学时，我学的总是学校以外的，到我出外自食其力时，我又不曾在我职务上学好过什么。二十年后我“不安于当前事务，却倾心于现世光色，对于一切成例与观念皆十分怀疑，却常常为人生远景而凝眸”，这分性格的形成，便应当溯源于小时在私塾中的逃学习惯。

自从逃学成为习惯后，我除了想方设法逃学，什么也不再关心。

有时天气坏一点，不便出城上山里去玩，逃了学没有什么去处，我就一个人走到城外庙里去，那些庙里总常常有人在殿前廊下绞绳子，织竹簟，做香，我就看他们做事。有人下棋，我看下棋。有人打拳，我看打拳。甚至于相骂，我也看着，看他们如何骂来骂去，如何结果。因为自己既逃学，走到的地方必不能有熟人，所到的必是较远的庙里。到了那里，既无一个熟人，因此什么事皆只好用耳朵去听，眼睛去看，直到看无可看听无可听时，我便应当设计打量我怎么回家去的方法了。

来去学校我得拿一个书篮。逃学时还把书篮挂到手肘上，这就未免太蠢了一点。凡这么办的可以说是不聪明的孩子。许多这种小孩子，因为逃学到各处去，人家一见就认得出，上年纪一点的人见到时就会说：逃学的人，你赶快跑回家挨打去，不要在这里玩。若无书篮可不必受这种教训。因此我们就想出了一个方法，把书篮寄存到一个土地庙里去，那地方无一个人看管，但谁也用不着担心他的书篮。小孩子对于土地神全不缺少必需的敬畏，都信托这木偶，把书篮好好的藏到神座龛子里去，常常同时有五个或八个，到时却各人把各人的拿走，谁也不会乱动旁人的东西。我把书篮放到那地方去，次数是不能记忆了的，照我想来，搁的最多的必定是我。

逃学失败被家中学校任何一方面发觉时，两方面总得各挨一顿打，在学校得自己把板凳搬到孔夫子牌位前，伏在上面受笞。处罚过后还要对孔夫子牌位作一揖，表示忏悔。有时又常常罚跪至一根香时间。我一面被处罚跪在房中的一隅，一面便记着各种事情，想象恰如生了一对翅膀，凭经验飞到各样动人事物上去。按照天气寒暖，想到河中的鳜鱼被钓起离水以后拨刺的情形，想到天上飞满风筝的情形，想到空山中歌呼的黄鹂，想到树木上累累的果实。由于最容易神往到种种屋外东西上去，反而常把处罚的痛苦忘掉，处罚的时间忘掉，直到被唤起以后为止，我就从不曾在被处罚中感觉过小小冤屈。那不是冤屈。我应感谢那种处罚，使我无法同自然接近时，给我一个练习想象的机会。

家中对这件事自然照例不大明白情形，以为只是教师方面太宽的过失，因此又为我换一个教师。我当然不能在这些变动上有什么异议。现在说来我倒又得感谢我的家中，因为先前那个学校比较近些，虽常常绕道上学，终不是个办法，且因绕道过远，把时间耽误太久时，无可托词。现在的学校可真很远很远了，不必包绕偏街，我便应当经过许多有趣味的地方了。从我家中到那个新的学塾里去时，路上我可看到针铺门前永远必有一个老人戴了极大的眼镜，低下头来在那里磨针。又可看到一个伞铺，大门敞开，作伞时十几个学徒一起工作，尽人欣赏。又有皮靴店，大胖子皮匠天热时总腆出一个大而黑的肚皮，（上面有一撮毛！）用夹板上鞋。又有剃头铺，任何时节总有人手托一个小小木盘，呆呆的在那里尽剃头师傅刮头。又可看到一家染坊，有强壮多力的苗人，踹在凹形石碾上面，站得高高的，偏左偏右的摇荡。又有三家苗人打豆腐的作坊，小腰白齿头包花帕的苗妇人，时时刻刻口上都轻声唱歌，一面引逗缚在身背后包单里的小苗人，一面用放光的铜勺舀取豆浆。我还必需经过一个豆粉作坊，远远的就可听到骡子推磨隆隆的声音，屋顶棚架上晾满白粉条。我还得经过一些屠户肉案桌，可看到那些新鲜猪肉砍碎时尚在跳动不止。我还得经过一家扎冥器出租花轿的铺子，有白面无常鬼，蓝面魔鬼，鱼龙，轿子，金童玉女，每天且可以从他那里看出有多少人接亲，有多少冥器，那些定做的作品又成就了多少，换了些什么式样，并且还常常停顿一两分钟，看他们贴金，傅粉，涂色。

我就欢喜看那些东西，一面看一面明白了许多事情。

每天上学时，照例手肘上挂了那个竹篮，里面放两本破书，在家中虽不敢不穿鞋，可是一出了大门，即刻就把鞋脱下拿到手上，赤脚向学校走去。不管如何，时间照例是有多余的，因此我总得绕一节路玩玩。若从西城走去，在那边就可看到牢狱，大清早若干人从那方面带了脚镣从牢中出来，派过衙门去挖土。若从杀人处走过，昨天杀的人还不收尸，一定已被野狗把尸首咋碎或拖到小溪中去了，就走过去看看那个糜碎了的尸体，或拾起一块小小石头，在那个污秽的头颅上敲打一下，或用一木棍去戳戳，看看会动不动。若还有野狗在那里争夺，就预先拾了许多石头放在书篮里，随手一一向野狗抛掷，不再过去，只远远的看看，就走开了。

既然到了溪边，有时候溪中涨了小小的水，就把裤管高卷，书篮顶在头上，一只手扶书篮一只手照料裤子，在沿了城根流去的溪水中走去，直到水深齐膝处为止。学校在北门，我出的是西门，又进南门，再绕从城里大街一直走去。在南门河滩方面我还可以看一阵杀牛，机会好时恰好正看到那老实可怜畜牲放倒的情形。因为每天可以看一点点，杀牛的手续同牛内脏的位置不久也就被我完全弄清楚了。再过去一点就是边街，有织簟子的铺子，每天任何时节皆有几个老人坐在门前用厚背的钢刀破篾，有两个小孩子蹲在地上织簟子。（这种事情在学校门边也有，我对于这一行手艺，所明白的种种，现在说来似乎比写字还在行。）又有铁匠铺，制铁炉同风箱皆占据屋中，大门永远敞开着，时间即或再早一些，也可以看到一个小孩子两只手拉着风箱横柄，把整个身子的分量前倾后倒，风箱于是就连续发出一种吼声，火炉上便放出一股臭烟同红光。待到把赤红的热铁拉出搁放到铁砧上时，这个小东西，赶忙舞动细柄铁锤，把铁锤从身背后扬起，在身面前落下，火花四溅的一下一下打着。有时打的是一把刀，有时打的是一件农具。有时看到的又是用一把凿子在未淬水的刀上起去铁皮，有时又是把一条薄薄的钢片嵌进熟铁里去。日子一多，关于任何一件机器的制造秩序我也不会弄错了。边街又有小饭铺，门前有个大竹筒，插满了用竹子削成的筷子，有干鱼同酸菜，用钵头装满放在门前柜台上，引诱主顾上门，意思好像是说：“吃我，随便吃我，好吃！”每次我总仔细看看，真所谓过屠门而大嚼。

我最欢喜天上落雨，一落了小雨，若脚下穿的是布鞋，即或天气正当十冬腊月，我也可以用恐怕湿却鞋袜为辞，有理由即刻脱下鞋袜赤脚在街上走路。但最使人开心事，还是落过大雨以后，街上许多地方已被水所浸没，许多地方阴沟中涌出水来，在这些地方照例常常有人不能过身，我却赤着两脚故意向深水中走去。若河中涨了点水，照例上游会漂流得有木头，像具，南瓜同其他东西，就赶快到横跨大河的桥上去看热闹。桥上必已经有人用长绳系了自己的腰身，在桥头上呆着，注目水中，有所等待，看到有一段大木或一件值得下水的东西浮来时，就踊身一跃，骑到那树上，或傍近物边，把绳子缚定，自己便快快的向下游岸边泅去。另外几个在岸边的人把水中人援助上岸后，就把绳子拉着，或缠绕到大石上大树上去，于是第二次又有第二人来在桥头上等候。我欢喜看人在洄水里扳罾[1]，巴掌大的活鱼在网中蹦跳。一涨了水照例也就可以看这种有趣味的事情。照家中规矩，一落雨就得穿上钉鞋，我可真不愿意穿那种笨重钉鞋。虽然在半夜时有人从街巷里过身，钉鞋声音实在好听，大白天对于钉鞋我依然毫无兴味。

若在四月落了点小雨，山地里田塍上各处皆是蟋蟀声音，真使人心花怒放。在这些时节，我便觉得学校真没有意思，简直坐不住，总得想方设法逃学上山去捉蟋蟀。有时没有什么东西安置这小东西，就走到那里去，把第一只捉到手后又捉第二只，两只手各有一只后，就听第三只。本地蟋蟀原分春秋二季，春季的多在田间泥里草里，秋季的多在人家附近石罅里瓦砾中，如今既然这东西只在泥层里，故即或两只手心各有一匹小东西后，我总还可以想方设法把第三只从泥土中赶出，看看若比较手中的大些，即开释了手中所有，捕捉新的，如此轮流换去，一整天方捉回两只小虫。城头上有白色炊烟，街巷里有摇铃铛卖煤油的声音，约当下午三点左右时，赶忙走到一个刻花板的老木匠那里去，很兴奋的同那木匠说：

“师傅师傅，今天可捉了大王来了！”

那木匠便故意装成无动于中的神气，仍然坐在高凳上玩他的车盘，正眼也不看我的说：“不成，要打得赌点输赢！”

我说：“输了替你磨刀成不成？”

“嗨，够了，我不要你磨刀，上次磨凿子还磨坏了我的家伙！”

这不是冤枉我的一句话，我上次的确磨坏了他的一把凿子。不好意思再说磨刀了，我说：

“师傅，那这样办法，你借给我一个瓦盆子，让我自己来试试这两只谁能干些好不好？”我说这话时真怪和气，为的是他以逸待劳，不允许我还是无办法。

---

① 扳罾（bān zēng）：用罾网捕鱼。

那木匠想了想，好像莫可奈何的样子：“借盆子得把战败的一只给我，算作租钱。”

我满口答应：“那成那成。”

于是他方离开车盘，很慷慨的借给我一个泥罐子，顷刻之间我也就只剩下一只蟋蟀了。这木匠看看我捉来的虫还不坏，必向我提议：“我们来比比，你赢了，我借你这泥罐一天；你输了，你把这蟋蟀输给我：办法公平不公平？”我正需要那么一个办法，连说公平公平，于是这木匠进去了一会儿，拿出一只蟋蟀来同我一斗，不消说，三五回合我的自然又败了。他用的蟋蟀照例却常常是我前一天输给他的。那木匠看看我有点颓丧，明白我认识那匹小东西，担心我生气时一摔，一面赶忙收拾盆罐，一面带着鼓励我神气笑笑的说：

“老弟，老弟，明天再来，明天再来！你应当捉好的来，走远一点。明天来，明天来！”

我什么话也不说，微笑着，出了木匠的大门，回家了。

这样一整天在为雨水泡软的田塍上乱跑，回家时常常全身是泥，家中当然一望而知，于是不必多说，沿老例跪一根香，罚关在空房子里，不许哭，不许吃饭。等一会儿我自然可以从姊姊方面得到充饥的东西，悄悄的把东西吃下以后，我也疲倦了，因此空房中即或再冷一点，老鼠来去很多，一会儿就睡着，再也不知道如何上床的事了。

即或在家中那么受折磨，到学校去时又免不了补挨一顿板子，我还是在想逃学时就逃学，决不为经验所恐吓。

有时逃学又只是到山上去偷人家园地里的李子枇杷，主人拿着长长的竹杆子大骂着追来时，就飞奔而逃，逃到远处一面吃那个赃物，一面还唱山歌气那主人。总而言之，人虽小小的，两只脚跑得很快，什么茨棚里钻去也不在乎，要捉我可捉不到，就认为这种事很有趣味。

可是只要我不逃学，在学校里我是不至于像其他那些人受处罚的。我从不用心念书，但我从不在应当背诵时节无法对付。许多书总是临时来读十遍八遍，背诵时节却居然琅琅上口，一字不遗。也似乎就由于这分小小聪明，学校把我同一般人的待遇，更使我轻视学校。家中不了解我为什么不想上进，不好好的利用自己聪明用功，我不了解家中为什么只要我读书，不让我玩。我自己总以为读书太容易了点，把认得的字记记那不算什么希奇。最希奇处应当是另外那些人，在他那分习惯下所做的一切事情。为什么骡子推磨时得把眼睛遮上？为什么刀得烧红时在水里一淬方能坚硬？为什么雕佛像的会把木头雕成人形，所贴的金那么薄又用什么方法作成？为什么小铜匠会在一块铜板上钻那么一个圆眼，刻花时刻得整整齐齐？这些古怪事情太多了。

我生活中充满了疑问，都得我自己去找寻答解。我要知道的太多，所知道的又太少，有时便有点发愁。就为的是白日里太野，各处去看，各处去听，还各处去嗅闻：死蛇的气味，腐草的气味，屠户身上的气味，烧碗处土窑被雨以后放出的气味，要我说来虽当时无法用言语去形容，要我辨别却十分容易。蝙蝠的声音，一只黄牛当屠户把刀剸进它喉中时叹息的声音，藏在田塍土穴中大黄喉蛇的鸣声，黑暗中鱼在水面泼刺的微声，全因到耳边时分量不同，我也记得那么清清楚楚。因此回到家里时，夜间我便做出无数希奇古怪的梦。这些梦直到将近二十年后的如今，还常常使我在半夜里无法安眠，既把我带回到那个“过去”的空虚里去，也把我带往空幻的宇宙里去。

在我面前的世界已够宽广了，但我似乎就还得一个更宽广的世界。我得用这方面弄到的知识证明那方面的疑问。我得从比较中知道谁好谁坏。我得看许多业已由于好询问别人，以及好自己幻想，所感觉到的世界上的新鲜事情，新鲜东西。结果能逃学我逃学，不能逃学我就只好做梦。

照地方风气说来，一个小孩子野一点的照例也必需强悍一点，因此各处方能跑去。各处跑去皆随时会有一样东西在无意中扑到你身边来，或是一只凶恶的狗，或是一个顽劣的人。无法抵抗这点袭击，就不容易各处自由放荡。一个野一点的孩子，即或身边不必时时刻刻带一把小刀，也总得带一削光的竹块，好好的插到袴带上；遇机会到时，就取出来当作军器，尤其是到一个离家较远的地方去看木傀儡戏，不准备厮杀一场简直不成。你能干点，单身往各处去，有人挑战时还只是一人近你身边来恶斗，若包围到你身边的顽童人数极多，你还可挑选同你精力不大相差的一人；你不妨指定其中之一个说：

“要打吗？你来。我同你来。”

到时也只那一个人拢来，被他打倒，你活该，只好伏在地上尽他压着痛打一顿。你打倒了他，他活该，你把他揍够后你当时可以自由走去，谁也不会追你，只不过说句“下次再来”罢了。

可是你根本上若就十分怯弱？即或结伴同行，到什么地方去时，也会有人特意挑出你来殴斗，应战你得吃亏，不答应你得被仇人与同伴两方面奚落，顶不经济。

感谢我那爸爸给了我一分勇气，人虽小，到什么地方去我总不吓怕。到被人围上必需打架时，我能挑出那些同我不差多少的人来，我的敏捷同机智，总常常占点上风。有时气运不佳，无意中被人摔倒，我还会有方法翻身过来压到别人身上去，在这件事上我只吃过一次亏，不是一个小孩，却是一只恶狗，把我攻倒后，咬伤了我一只手。我走到任何地方去皆不怕谁，同时又换了好些私塾，各处皆有些同学，并且互相皆逃过学，便有无数朋友，因此也不会同人打架了。可是自从被那只恶狗攻过一次以后，到如今我却依然十分怕狗。

至于我那地方的大人，用单刀在大街上决斗本不算回事。事情发生时，那些有小孩子在街上玩的母亲，也不过说：“小杂种，站远一点，不要太近！”嘱咐小孩子稍稍站开点儿罢了。但本地军人互相砍杀虽不出奇，行刺暗算却不作兴。这类善于殴斗的人物，在当地另成一组，豁达大度，谦卑接物，为友报仇，爱义好施，且多非常孝顺。但这类人物为时代所陶冶，到民国以后也就渐渐消灭了，虽有些青年军官还保存那点风格，风格中最重要的一点洒脱处，却为了军纪一类影响，大不如前辈了。

我有三个堂叔叔，皆住在城南乡下，离城四十里左右。那地方名黄罗寨，出强悍的人同猛鸷的兽，我爸爸三岁时在那里差一点险被老虎咬去，我四岁左右，到那里第一天，就看见乡下人抬了一只死虎进城，给我留下极深刻的印象。

我还有一个表哥，住在城北十里地名长宁哨的乡下，从那里再过十里便是苗乡。表哥是一个紫色脸膛的人，一个守碉堡的战兵。我四岁时被他带到乡下去过了三天，二十年后还记得那个小小城堡黄昏来时鼓角的声音。

这战兵在苗乡有点势力，很能喊叫一些苗人。每次来城时，必为我带一只小鸡或一点别的东西。一来为我说苗人故事，临走时我总不让他走。我欢喜他，觉得他比乡下叔父有趣。

（选自《从文自传》，1934 年 7 月由上海第一出版社初版）

我上许多课仍然不放下那一本大书

我改进了新式小学后，学校不背诵经书，不随便打人，同时也不必成天坐上桌边，每天不只可以在小院子中玩，互相扭打，先生见及，也不加以约束，七天照例又还有一天放假，因此我不必再逃学了。可是在那学校照例也就什么都不曾学到。每天上课时照例上上，下课时就遵照大的学生指挥，找寻大小相等的人，到操坪中去打架。一出门就是城墙，我们便想法爬上城去，看城外对河的景致。上学散学时，便如同往常一样，常常绕了多远的路，去看看那些木工手艺人新雕的佛像，贴了多少金。看看那些铸钢犁的人，一共出了多少新货。或者什么人家孵了小鸡，也常常不管远近必跑去看看。一到星期日，我在家中写了十六个大字后，就一溜出门，一直到晚，方回家中。

半年后家中母亲相信了一个亲戚的建议，以为应从城内第二初级小学换到城外第一小学，这件事实行后更使我方便快乐。新学校临近高山，校屋前后各处是树，同学又多，当然十分有趣。到这学校我仍然什么也不学得，字也不认多少，可是我倒学会了爬树。几个人一下课就各自检选一株合抱大梧桐树，看谁先爬到顶。我从这方面便认识约三十种树木的名称。因为爬树有时跌下或扭伤了脚，拉破了手，就跟同学去采药，又认识了十来种草药。我开始学会了钓鱼，总是上半天学钓半天鱼。我学会了采笋子，采蕨菜。后山上到春天各处是兰花，各处是可以充饥解渴的刺莓，在竹篁里且有无数雀鸟，我便跟他们认识了许多雀鸟且认识许多果树。去后山约一里左右，又有一个制瓷器的大窑，我们便常常过那里去看人制造一切瓷器，看一块白泥在各样手续下成为一个饭碗，或一件别种用具的情形。

学校环境使我们在校外所学的实在比校内课堂上多十倍，但在学校也学会了一件事，便是各人用刀在座位板下镌雕自己的名字。又因为学校有做手工的白泥，我们却用白泥摹塑教员的肖像，且各为取一怪名。绵羊，耗子，老土地菩萨，还有更古怪的称呼！在这些事情上我的成绩照例比学校功课好一点，但自然不能得到任何奖励。

照情形看来，我已不必逃学，但学校既不严格，四个教员恰恰又有我两个表哥在内，想要到什么地方去时，我便请假。看戏请假，钓鱼请假，甚至于几个人到三里外田坪中去看人割禾，也向老师请假。

那时我家中每年还可收取租谷三百石左右，到秋收时，我便同叔父或其他年长亲戚，往二十里外的乡下去，监视佃夫督促临时雇来的工人割禾。等到田中成熟禾穗已空，新谷装满白木浅缘方桶时便把新谷倾倒到大晒谷簟上来，与佃夫相对平分，其一半应归佃夫所有的，由他们去处置，我们把我家应得那一半，雇人押运回家。在那里最有趣处是可以辨别各种禾苗，认识各种害虫，学习捕捉蚱蜢分别蚱蜢。同时学用鸡笼去罾捕水田中的肥大鲤鱼鲫鱼，把鱼捉来即用黄泥包好塞到热灰里去煨熟分吃。又向佃户家讨小小斗鸡，且认识种类，准备带回家来抱到街上去寻找别人公雏作战。又从小农人处学习抽稻草心织小篓小篮，剥桐木皮作卷筒哨子，用小竹子作唢呐。有时捉得一个刺猬，有时打死一条大蛇，又有时还可跟叔父让佃户带到山中去，把雉媒[①]抛出去，吹唿哨招引野雉，鸟枪里装上一把散碎铁砂同黑色土药，猎取这华丽骄傲的禽鸟。

为了打猎，秋末冬初我们还常常去佃户家。我最欢喜的是猎取野猪同黄麂，看他们下围，跟着他们乱跑，有一次还被他们捆缚在一株大树高枝上，看他们把受惊的黄麂从树下追赶过去。我又看过猎狐，眼看着一对狡猾野兽在一株大树根下转，到后这东西便变成了我叔父的马褂。

学校既然不必按时上课，其余的时间我们还得想出几件事情来消磨，到下午三点才能散学。几个人爬上城去，坐在大铜炮上看城外风光，一面拾些石头奋力向河中掷去，这是一个办法。另外就是到操场一

① 雉媒：猎人驯养的用来诱捕野雉的雉。

角砂地上去拿顶翻斤斗，每个人轮流来作这件事，不溜刷的便仿照技术班办法，在那人腰身上缚一条带子，两个人各拉一端，翻斤斗时用力一抬，日子一多，便无人不会翻斤斗了。

因为学校有几个乡下来的同学，身体壮大异常，便有人想出好主意，提议要这些乡下人装成马匹，让较小的同学跨到马背上去，同另一匹马上另一员勇将来作战，在上面扭成一团，直到跌下地后为止。这些作马匹的同学，总照例非常忠厚可靠，在任何情形下皆不卸责。作战总有受伤的，不拘谁人头面有时流血了，就抓一把黄土，将伤口敷上，全不在乎似的。我常常设计把这些人马调度得十分如法，他们服从我的编排，比一匹真马还驯服规矩。

放学时天气若还早一些，几个人不是上城去坐，就常常沿了城墙走去。有时节出城去看看，有谁的柴船无人照料，看明白了这只船的的确确无人时，几人就匆忙跳上了船，很快的向河中心划去。等一会那船主人来时，若在岸上和和气气地说：

“兄弟，兄弟，你们把船划回来。我得回家！”

遇到这种和平人时，我们也总得十分和气把船划回来，各自跳上了岸，让人家上船回家。若那人性格暴躁点，一见自己小船为一群胡闹的小将把它送到河中打着圈儿转，心中十分忿怒，大声地喊骂，说出许多恐吓无理的野话，那我们便一面回骂着，一面快快的把船向下游流去，尽他叫骂也不管它，到下游时几个人上了岸，就让这船搁在浅滩上不再理会了。有时刚上船坐定，即刻便被船主人赶来，那就得有一分儿担当经验了。船主照例知道我们受不了什么簸荡，抢上船头，把身体故意向左右连续倾侧不已，因此小船就在水面胡乱颠簸，一个无经验的孩子担心身体会掉到水中去，必惊骇得大哭不已。但有了经验的人呢，你估计一下，先看看是不是逃得上岸，若已无可逃避，那就好好的坐在船中，尽那乡下人的磨炼，拼一身衣服给水湿透，你不慌不忙，只稳稳的坐在船中，不必作声告饶，也不必恶声相骂，过一会儿那乡下人看看你胆量不小，知道用这方法吓不了你，他就会让你明白他的行为不过是一种带恶意的玩笑，这玩笑到时应当结束了，必把手叉上腰边，向你微笑，抱歉似的微笑。

“少爷，够了，请你上岸！”

于是几个人便上岸了。有时不凑巧，我们也会为人用小桨竹篙一路追赶着打我们，还一路骂我们，只要逃走远一点点，用什么话骂来，我们照例也就用什么话骂回去，追来时我们又很快的跑去。

那河里有鳜鱼，有鲫鱼，有小鲇鱼，钓鱼的人多向上游一点走去。隔河是一片苗人的菜园，不涨水，从跳石上过河，到菜园里去看花买菜心吃的次数也很多。河滩上各处晒满了白布同青菜，每天还有许多妇人背了竹笼来洗衣，用木棒杵在流水中捶打，回声訇訇的从东城墙脚下应出。

天热时，到下午四点以后，满河中都是赤光光的身体。有些军人好事爱玩，还把小孩子，战马，看家的狗，同一群鸭雏，全部都带到河中来。有些人父子数人同来。大家皆在激流清水中游泳，不会游泳的便把袴子泡湿，扎紧了袴管，向水中急急的一兜，捕捉了满满的一袴空气，再用带子捆好，便成了极合用的水马，有了这东西，即或全不会漂浮的人，也能很勇敢的向水深处泅去。到这种人多的地方，照例不会被水淹死的，一出了什么事，大家皆很勇敢的救人。

我们洗澡可常常到上游一点去，那里人既很少，水又极深，对我们才算合式。这件事自然得瞒着家中人。家中照例总为我担忧，惟恐一不小心就会为水淹死。每天下午既无法禁止我出去玩，又知道下午我不会到米厂上去同人赌骰子，那位对于管拘我侦察我十分负责的大哥，照例一到饭后我出门不久，他也总得到城外河边一趟。人多时不能从人丛中发现我，就沿河去注意我的衣服，在每一堆衣服上来一分注意，一见到我的衣服，一句话不说，就拿起来走去，远远的坐到大路上，等候我要穿衣时来同他会面。衣袴既然在他手上，我不能不见他了，到后只好走上岸来，从他手上把衣服取到手，两人沉沉默默的回家，回去不必说什么，只准备一顿打。可是经过两次教训后，我即或仍然在河中洗澡，也就不至于再被家中人发现了。我可以搬些石头把衣压着，只要一看到他从城门洞边大路走来时，必有人告给我，我就快快的泅到河中去，向天仰卧，把全身泡在水中，只浮出一张脸一个鼻孔来，尽岸上那一个搜索也不会得到什么结果。有些人常常同我在一处，哥哥认得他们，看到了他们时，就唤他们：

“熊澧南，印鉴远，你见我兄弟吗？”

那些同学便故意大声答着：

“我们不知道，你不看看衣服吗？”

“你们不正是成天在一堆胡闹吗？”

“是呀，可是现在谁知道他在那一片天底下？”

“他不在河里吗？”

“你不看看衣服吗？不数数我们的数目吗？”

这好人便各处望望，果然不见我的衣袴，相信我那朋友的答复不是句谎话，于是站在河边欣赏了一阵河中景致，又弯下腰拾起两个放光的贝壳，用他那双常若含泪发愁的艺术家眼睛赏鉴了一下，或坐下来取出速写簿，随意画两张河景的素描，口上嘘嘘打着唿哨，又向原来那条路上走去了。等他走去以后，我们便来模仿我这个可怜的哥哥，互相反复着前后那种答问。“熊澧南，印鉴远，看见我兄弟吗？”“不知道，不知道，你自己不看看这里一共有多少衣服吗？”“你们成天在一堆！”“是呀！成天在一堆，可是谁知道他现在到那儿去了呢？”于是互相浇起水来，直到另一个逃走方能完事。

有时这好人明知道我在河中，当时虽无法擒捉，回头却常常隐藏在城门边，坐在苗妇人小茅棚里，很有耐心的等待着，等到我十分高兴地从大路上同几个朋友走近身时，他便风快的同一只公猫一样，从那小棚中跃出，一把攫住了我衣领。于是同行的朋友就大嚷大笑，伴送我到家门口，才自行散去，不过这种事也只有三两次，我从经验上既知道这一着棋时，我进城时便常常故意慢一阵，有时且绕了极远的东门回去。

我人既长大了些，权利自然也多些了，在生活方面我的权利便是即或家中明知我下河洗了澡，只要不是当面被捉，家中可不能用爬搔皮肤方法决定我的应否受罚了。同时我的游泳自然也进步多了，我记到我能在河中来去泅过三次，至于那个名叫熊澧南的，却大约能泅过五次。

下河的事若在平常日子，多半是晚饭以后才去。如遇星期日，则常常几人先一天就邀好，过河上游一点棺材潭的地方去，泡一个整天，泅一阵水又摸一会鱼，把鱼从水中石底捉得，就用枯枝在河滩上烧来当点心。有时那一天正当附近十里二十里苗乡场集，就空了两只手跑到那地方去，玩一个半天。到了场上后，过卖牛处看看他们讨论价钱的样子，又过卖猪处看看那些大猪小猪，又到赌场上去看看那些乡下人一只手抖抖的下注，替别人担一阵心。又到卖山货处去，用手摸摸那些豹子老虎的皮毛，且听听他们谈到猎取这野物的种种经验。又到卖鸡处去，欣赏欣赏那些大鸡小鸡，我们皆知道什么鸡战斗时厉害，什么鸡生蛋极多。我们且各自把那些斗鸡毛色记下来，因为这些鸡照例当天全将为城中来的兵士和商人买去，五天以后就会在城中斗鸡场出现。我们间或还可在敞坪中看苗人决斗，用扁担或双刀互相拼命。小河边到了场期，照例来了无数小船，无数竹筏，竹筏上且常常有长眉秀目脸儿极白的青年苗族女人，用绣花大衣袖掩着口笑，使人看来十分舒服。我们来回走二三十里路，各个人两只手既是空空的，因此在场上什么也不能吃。间或谁一个人身上有一两枚铜元，就到卖狗肉摊边去割一块狗肉，蘸些咸水，平均分来吃吃。或者无意中谁一个在人丛中碰着了一位亲长，被问道：“吃过点心吗？”大家正饿着，互相望了会儿，羞羞怯怯的一笑。那人知道情形了，便说：“这成吗？不喝一杯还算赶场吗？”到后自然就被拉到狗肉摊边去，切一斤两斤肥狗肉，分割成几大块，各人来那么一块，蘸了盐水往嘴上送。

机会不好不曾碰到这么一个慷慨的亲戚，我们也依然不会瘪着肚皮回家。沿路有无数人家的桃树李树，果实全把树枝压得弯弯的，等待我们去为它们减除一分担负！还有多少黄泥田里，红萝卜大得如小猪头，没有我们去吃它，赞美它，便始终委屈在那深土里！除此以外路塍上无处不是莓类同野生樱桃，大道旁无处不是甜滋滋的枇杷，无处不可得到充饥果腹的东西。口渴时无处不可以随意低下头去喝水。即或任何东西没得吃，我们还是十分高兴，就为的是乡场中那一派空气，一阵声音，一分颜色，以及在每一处每一项生意人身上发出那一股臭味，就够使我们觉得满意！我们用各样官能吃了那么多东西，即使不再用口来吃喝也很够了。

到场上去我们还可以看各样水碾水碓，并各种形式的水车。我们必得经过好几个榨油坊，远远的就可以听到油坊中打油人唱歌的声音。一过油坊时便跑进去，看看那些堆积如山的桐子，经过些什么手续才能出油。我们只要稍稍绕一点路，还可以从一个造纸工作场过身，在那里可以看他们利用水力捣碎稻草同竹筱；用细篾帘子勺取纸浆作纸。我们又必需从一些造船的河滩上过身，有万千机会看到那些造船工匠在太阳下安置一只小船的龙骨，或把粗麻头同桐油石灰嵌进缝罅里补治旧船。

总而言之，这样玩一次，就只一次，也似乎比读半年书还有益处。若把一本好书同这种好地方尽我检选一种，直到如今我还觉得不必看这本用文字写成的小书，却应当去读那本用人事写成的大书。

我不明白我为什么就学会了赌骰子，大约还是因为每早上买菜，总可剩下三五个小钱，让我有机会傍近用骰子赌输赢的糕类摊上面，起始当三五个人蹲到那些戏楼下，把三粒骰子或四粒骰子或六粒骰子抓到手中，奋力向大土碗掷去，跟着它的变化喊出种种专门名词时，我真忘了

自己也忘了一切。那富于变化的六骰子赌，七十二种“快”“臭”，一眼间我皆能很得体的喊出它的得失。谁也不能在我面前占去便宜，谁也骗不了我。自从精明这一项事情以后，我家里这一早上若派我出去买菜，我就把买菜的钱去作注，同一群小无赖在一个有天棚的米厂上玩骰子，赢了钱自然全部买东西吃，若不凑巧全输掉时，就跑回来悄悄的进门找寻外祖母，从她手中把买菜的钱得到。

但这是件冒险的事，家中知道后可得痛打一顿，因此赌虽然赌，总只下一个铜子的注，赢了拿钱走去。输了也不再来，把菜少买一些，总可敷衍下去。

由于赌术精明我不大担心我输赢。我倒最希望玩个半天结果无输无赢。我所担心的只是正玩得十分高兴，忽然后领一下子为一只强硬有力的手攫定，一个哑哑的声音在我耳边响着：

“这一下捉到你了，这一下捉到你了！”

先是一惊。想挣扎可不成。既然捉定了，不必回头，我就明白我被谁捉到，且不必猜想，我就知道我回家去应受些什么款待，于是提了菜篮让这个仿佛生下来给我作对的人把我揪回去。这样过街可真无脸面，因此不是请求他放和平点抓着我一只手，总是在他不着意的情形下，忽然挣脱先行跑回家去，准备他回来时受罚。

每次在这件事上我受的罚都似乎略略过分了些，总是把一条绣花的白腰带缚定两手，系在空谷仓里，用鞭子打几十下，上半天不许吃饭，或是整天不许吃饭。亲戚中看到觉得十分可怜，便以为哥哥不应当这样虐待弟弟。但这样不顾脸面的去同一些乞丐赌博，给了家中多少气怄，我是不知道的。

我从那方面学会了些下等野话，在亲戚中身分似乎也就低了些。只是当十五年后，我能够用我各方面的经验写点故事时，这些粗话野话，却给了我许多帮助，增加了故事中人物的生命。

革命后本地设了女学校，我两个姊姊皆被送过女学校读书。我那时也欢喜过女学校去玩，就因为那地方有些新奇的东西。学校外边一点，有个做小鞭炮的作坊，从起始用一根细钢条，卷上了纸，送到木机上一搓，吱的一声就成了空心的小管子，再如何经过些什么手续，便成了燃放时巴的一声的小爆仗，被我看得十分熟习。我借故去瞧姊姊时总在那里看他们工作。我还可看他们烘焙火药，碓舂木炭，筛硫磺，配合火药的原料，因此明白制烟火用的药同制爆仗用的药，硝磺的分配分量如何不同。

一到女学校时，我必跑到长廊下去，欣赏那些平时不易见到的织布机器。那些机器钢齿轮互相衔接，一动它时全部皆转动起来，且发出一种异样陌生的声音，听来我总十分欢喜。我平时是个怕鬼的人，但为了欣赏这些机器，黄昏中我还敢在这儿逗留，直到她们大声呼喊各处找寻时，我才从廊下跑出。

当我转入高小那年，正是民国六年，我们那地方为了上年受蔡锷讨袁战事的刺激，感觉军队非改革不能自存，因此本地镇守署方面，设了一个军官团，前为道尹后改屯务处方面，也设了一个将弁学校。另外还有一个教练兵士的学兵营，一个教导队。小小的城里多了四个军事学校，一切皆用较新方式训练，地方因此气象一新。由于常常可以见到这类青年学生结队成排在街上走过，本地的小孩，以及一些小商人，皆觉得学军事较有意思。有人与军官团一个教官作邻居的，要他在饭后课余教教小孩子，先在大街上操，到后却借了附近的军官团操场使用，顷刻之间便招集了一百人左右。

有同学在里面受过训练来的，精神比起别人来特别强悍，我们觉得奇怪。这同学就告我们一切，且问我愿不愿意去。并告我到里面后，每两月可以考选一次，配吃一分口粮，作守兵的，就可以补上名额当兵。在我生长那个地方，当兵不是耻辱。本地的光荣原本是从过去无数男子的勇敢搏来的。谁都希望当兵，因为这是年轻人一条出路，也正是年轻人唯一的出路。同学说及进技术班时，我就答应试来问问我的母亲，看看母亲的意见，这将军的后人，是不是仍然得从步卒出身。

那时节我哥哥已过热河找寻父亲去了，我因不受拘束，生活已日益放肆，母亲正想不出处置我的方法，因此一来，将军后人就决定去作兵役的候补者了。

（选自《从文自传》，1934 年 7 月由上海第一出版社初版）

滕回生堂的今昔

我六岁左右时害了疳疾[1]，一张脸黄姜姜的，一出门身背后就有人喊“猴子猴子”。回过头去搜寻时，人家就咧着白牙齿向我发笑。扑拢去打吧，人多得很，装作不曾听见吧，那与本地人的品德不相称。我很羞愧，很生气。家中外祖母听从庸妇，挑水人，卖炭人，与隔邻轿行老妇人出主意，于是轮流要我吃热灰里焙过的“偷油婆”[2]，“使君子”[3]，吞雷打枣子木的炭粉，黄纸符烧纸的灰渣，诸如此类。另外还逼我诱我吃了许多古怪东西。我虽然把这些很希奇的丹方试了又试，蛔虫成绞成团的排出，病还是不得好，人还是不能够发胖。照习惯说来，凡为一切药物治不好的病，便同“命运”有关。家中有人想起了我的命运。

关心我命运的父亲，特别请了一个卖卜算命人，来为我推算流年，想法禳解命根上的灾星。这算命人把我生辰支干排定后，就向我父亲建议：

“大人，把少爷拜给一个吃四方饭的人作干儿子，每天要他吃习皮草蒸鸡肝，有半年包你病好。病不好，把我回生堂牌子甩了丢到长河潭里去！”

父亲既是个军人，毫不迟疑的回答说：

“好，就照你说的办。不用找别人，今天日子好，你留在这里喝酒，我们打了干亲家吧。”

两个爽快单纯的人既同在一处，我的“命运”便被他们派定了。

一个人若不明白我那地方的风俗，对于我父亲的慷慨处觉得希奇。其实这算命的当时若说：“大人，把少爷拜寄给城外碉堡旁大冬青树吧”，我父亲还是照办的。一株树或一片古怪石头，收容三五十个寄儿，原是件极平常事情。且有人拜寄牛栏的，井水的，人神同处日子竟过得十分

---

① 疳疾：中医病名，多由脾胃损伤或虫积所致。

② 偷油婆：蟑螂。

③ 使君子：中药名，有消积杀虫功效。

调和，毫无龃龉。

我那寄父除了算命卖卜以外，原来还是个出名外科医生，是个拳棒家。尖嘴尖脸如猴子，一双黄眼睛炯炯放光，身材虽极矮小，实可谓心雄万夫。他把铺子开设在一城热闹中心的东门桥头上，字号名“滕回生堂”。那长桥两旁一共有二十四间铺子，其中四间正当桥垛墩，比较宽敞，他就占了有垛墩的一间。铺子中罗列有羚羊角，马蜂窠，猴头，虎骨，牛黄，狗宝，无一不备。最多的还是那些草药，成束成把的草根木皮，堆积如山，一屋中也就长年为草药蒸发的香味所笼罩。

铺子里间房子窗口临河，可以俯瞰河里来回的柴船，米船，甘蔗船。河身下游约半里，有了转折，因此迎面对窗便是一座高山，那山头春夏之际作绿色，秋天作黄色，冬天则为烟雾包裹时作蓝色，为雪遮盖时只一片眩目白色。屋角隅陈列了各种武器，有青龙偃月刀，齐眉棍，连枷，钉钯。此外还有一个似桶非桶似盆非盆的东西，原来这是我那寄父年轻时节习站功所用的宝贝。他学习拉弓，想把腿脚姿式弄好，每个晚上蜷伏到那木桶里去熬夜。想增加气力，每早从桶中爬出时还得吃一条黄鳝的鲜血。站了木桶两整年，吃了黄鳝数百条，临到应考时，却被一个习武的仇人揭发他身分不明，取消了考试资格。他因此抖气离开了家乡，来到武士荟萃的凤凰县卖卜行医。为人既爽直慷慨，且能喝酒划拳，极得人缘，生涯也就不恶。作了医生尚舍不得把那个木桶丢开，可想见他还不能对那宝贝忘情。

他家中有个太太，两个儿子。太太大约一年中有半年皆把手从大袖筒缩到衣里去，藏了一个小火笼在衣里烘烤，眯着眼坐在药材中，简直是一只大猫儿。两个儿子大的学习料理铺子，小的上学读书。两老夫妇住在屋顶，两个儿子住在屋下层桥墩上。地方虽不宽绰，那里也用木板夹好，有小窗小门，不透风，光线且异常良好。桥墩尖劈形处，石罅里有一架老葡萄树，得天独厚，每年皆可结许多球葡萄。另外还有一些小瓦盆，种了牛膝，三七，铁钉台，隔山消等等草药。尤其古怪的是一种名为“罂粟”的草花，还是从云南带来的，开着艳丽煜目的红花，花谢后枝头缀了绿色果子，果子里据说就有鸦片烟。

当时一城人谁也不见过这种东西，因此常常有人老远跑来参观。当地一个拔贡还做了两首七律诗，赞咏那个希奇少见的植物，把诗贴到回生堂武器陈列室板壁上。

桥墩离水面高约四丈，下游即为一潭，潭里多鲤鱼鳜鱼，两兄弟把长绳系个钓钩，挂上一片肉，夜里垂放到水中去，第二天拉起就常常可以得一尾大鱼。但我那寄父却不许他们如此钓鱼，以为那么取巧，不是一个男子汉所当为。虽然那么骂儿子，有时把钓来的鱼不问死活依然掷到河里去，有时也会把鱼煎好来款待客人。他常奖励两个儿子过教场去同兵将子寻衅打架，大儿子常常被人打得头破血流回来时，作父亲的一面为他敷那秘制药粉，一面就说：“不要紧，不要紧，三天就好了。你怎么不照我教你那个方法把那苗子放倒？”说时有点生气了，就在儿子额角上一弹，加上一点惩罚，看他那神气，就可明白站木桶考武秀才被屈，报仇雪耻的意识还存在。

我得了这样一个寄父，我的命运自然也就添了一个注脚，便是“吃药”了。我从他那儿大致尝了一百样以上的草药。假若我此后当真能够长生不老，一定便是那时吃药的结果。我倒应当感谢我那个命运，从一分吃药经验里，因此分别得出许多草药的味道，性质，以及它的形状。且引起了我此后对于辨别草木的兴味。其次是我吃了两年多鸡肝。这一堆药材同鸡肝，很显然的，对于此后我的体质同性情皆大有影响。

那桥上有洋广杂货店，有猪牛羊屠户案桌，有炮仗铺与成衣铺，有理发馆，有布号与盐号。我既有机会常常到回生堂去看病，也就可以同一切小铺子发生关系。我很满意那个桥头，那是一个社会的雏型，从那方面我明白了各种行业，认识了各样人物，凸了个大肚子胡须满腮的屠户，站在案桌边，扬起大斧擦的一砍，把肉剁下后随便一秤，就向人菜篮中掼去，那神气真够神气，平时以为这人一定极其凶横蛮霸，谁知他每天拿了猪脊髓过回生堂来喝酒时，竟是个异常和气的家伙！其余如剃头的，缝衣的，我同他们认识以后，看他们工作，听他们说些故事新闻，也无一不是很有意思。我在那儿真学了不少东西，知道了不少事情。所学所知比从私塾里得来的书本知识皆有用得多。

那些铺子一到端午时节，就如我写《边城》故事那个情形，河下竞渡龙船，从桥洞下来回过身时，桥上人皆用叉子，挂了小百子鞭炮悬出吊脚楼，必必拍拍的响着。夏天河中涨了水，一看上游流下了一只空船，一匹畜牲，一段树木，这些小商人为了好义或好利的原因，必争着很勇敢的从窗口跃下，浮水去追赶那些东西。不管漂流多远，总得把那东西救出。关于救人的事我那寄父总不落人后。

他只想亲手打一只老虎，但得不到机会。他说他会点血，但从不见他点过谁的血。

民国二十二年旧历十二月十一，距我同那座大桥分别时将近十八年，我又回到了那个桥头了。这是我的故乡，我的学校，试想想，我当时心中怎样激动！离城二十里外我就见着了那条小河，傍着小河溯流而上，沿河绵亘数里的竹林，发蓝叠翠的山峰，白白阳光下造纸坊与制糖坊，水磨与水车，这些东西皆使我感动得真厉害！后来在一个石头碉堡下，我还看到一个穿号褂的团丁，送了个头裹孝布的青年妇人过身。那黑脸小嘴高鼻梁青年妇人，使我想起我写的《凤子》故事中角色。她没有开口唱歌，然而一看却知道这妇人的灵魂是用歌声喂养长大的。我已来到我故事中的空气里了，我有点儿痴。

见大桥时约在下午两点左右，正是市面顶热闹时节。我从一群苗人一群乡下人中拥挤上了大桥，各处搜寻后没有发现“滕回生堂”的牌号。回转家中我并不提起这件事。第二天一早，我得了出门的机会，就又跑到桥上去，排家注意，在桥头南端，被我发现了一家小铺子。铺子中堆满了各样杂货，货物中坐定了一个瘦小如猴干瘪瘪的中年人。从那双眯得极细的小眼睛，我记起了我那个干妈。这不是我那干哥哥是谁?

我冲近他摊子边时，那人就说：

“唉，你要什么？”

“我要问你一个人，一件事，你是不是松林？”

孩子哭起来了，顺眼望去，杂货堆里那个圆形大木桶，里面正睡了一对大小相等仿佛孪生的孩子。我万想不到圆木桶还有这种用处。我话也说不来了。

但到后我告给他我是谁，他把小眼睛愣着瞅了我许久，一切弄明白后，便慌张得只是搓手搭舌头，赶忙让我坐到一捆麻上去。

“是你！是你！……”

我说：“大哥，正是我呀！我回来了！老的呢？”

“五年前早过了！”

“嫂嫂呢？”

“六月里过了！剩下两只小狗。”

“保林二哥呢？”

“他在辰州你不见到他？他作了局长，有出息，讨了个乖巧屋里人，乡下买得七十亩田，作员外！”

我各处一看，卦桌不见了，横招不见了，触目皆是草鞋。“你不算命了吗？”

“命在这个人手上，”他说时翘起一个大拇指。“这里人没有命可算！”

“你不卖药了吗？”

“城里有四个官药铺，三个洋药铺，苗人都进了城，卖草药人多得很，生意不好作！”

他虽说不卖药了，小屋子里其实还有许多成束成捆的草药。而且恰好这时就有个兵士来买“一点白”，把药找出给人后，他只捏着那两枚当一百的铜元，向我呆呆的笑。大约来买药的也不多了，我来此给他开了一个利市。

…………

他一面茫然的这样那样数着老话，一面还尽瞅着我。忽然发问：

“你从北京来南京来？”

“我在北京做事！”

“作什么事？在中央，在宣统皇帝手下？”

我就告他既不在中央，也不是宣统手下，他只作成相信不过的神气，点着头，且极力退避到屋角隅去，俨然为了安全非如此不成。他心中一定有一个新名词作祟，“你是共产党？”他想问却不敢开口，他怕事。他只轻轻的自言自语说：“城内杀了两个，一刀一个。”

有人来购买烟签，他便指点人到对面铺子去买。我问他这桥上铺子为什么皆改成了住家户。他就告我这桥上一共有十家烟馆，十家烟馆里还有三家可以买黄吗啡。此外又还有五家卖烟具的杂货铺。

一出铺子到城边时，我就碰着烟帮过身，护送兵皆背了本地制最新半自动步枪，人马成一长长队伍，共约三百二十余担黑货，全是从贵州省来的。

我原本预备第二天过河边为这长桥摄一个影，一看到桥墩，想起十七年前那缽罂粟花，且同时想起目前那十家烟馆三家烟具店，这桥头的今昔情形，把我照相的勇气同兴味全失去了。

（原载 1935 年 1 月《国闻周报》12 卷 2 期）

凤凰

这是从一个作品里摘录出关于凤凰的轮廓。

一个好事的人，若从百年前某种较旧一点的地图上寻找，一定可在黔北、川东、湘西一处极偏僻的角隅上，发现了一个名为“镇箪”的小点。那里同别的小点一样，事实上应有一个城市，在那城市中，安顿了数千户人口的，不过一切城市的存在，大部分皆在交通、物产、经济的情形下面，成为那个城市荣枯的因缘。这一个地方，却以另外意义无所依附而独立存在。将那个用粗糙而坚实巨大石头砌成的圆城作为中心，向四方展开，围绕了这边疆僻地的孤城，约有五百余苗寨，各有千总守备镇守其间。有数十屯仓，每年屯数万石粮食为公家所有。五百左右的碉堡，二百左右的营汛。碉堡各用大石作成，位置在山顶头，随了山岭脉络蜿蜒各处，营汛各位置在驿路上，布置得极有秩序。这些东西是在一百八十年前，按照一种精密的计划，各保持到相当距离，在周围数百里内，平均分配下来，解决了退守一隅常作蠢动的边苗叛变的。两世纪来满清的暴政，以及因这暴政而引起的反抗，血染赤了每一条官道同每一个碉堡。到如今，一切完事了。碉堡多数业已残毁了，营汛多数成为民房了，人民已大半同化了。落日黄昏时节，站到那个巍然独在万山环绕的孤城高处，眺望那些远近残毁碉堡，还可依稀想见当时角鼓火炬传警告急的光景。这地方到今日此时，因为另一军事重心，一切皆以一种迅速的姿势在改变，在进步，同时这种进步，也就正消灭到过去一切。……

地方统治者分数种，最上为天神，其次为官，又其次才为村长同执行巫术的神的侍奉者，人人洁身信神，守法爱官。每家俱有兵役，可按月各到营上领取一点银子，一分米粮，且可从官家领取二百年前被政府所没收的公田播种。

这地方本名镇筸城，后改凤凰厅，入民国后，改名凤凰县。清时辰沅永靖兵备道，镇筸镇，均驻节此地。辛亥革命后，湘西镇守使，辰沅道，仍在此办公。除屯谷外国家每月约用银八万两经营此小小山城。地方居民不过五六千，驻防各处的正规兵士却有七千。由于环境不同，直到现在其地绿营兵役制度尚保存不废，为中国绿营军制唯一残留之物。（引自《凤凰子》）

苗子放蛊的传说，由这个地方出发。辰州符的实验者，以这个地方为集中地。三楚子弟的游侠气概，这个地方因屯丁子弟兵制度，所以保留得特别多。在宗教仪式上，这个地方有很多特别处，宗教情绪（好鬼信巫的情绪），因社会环境特殊，热烈专诚到不可想象。湘西之所以成为问题，这个地方人应当负较多责任。湘西的将来，不拘好或坏，这一个地方人的关系都特别大。湘西的神秘，只有这一个区域不易了解，值得了解。

它的地域已深入苗区，文化比沅水流域任何一县都差得多，然而民国以来湖南的第一流政治家熊希龄先生，却出生在那个小小县城里。地方可说充满了迷信，然而那点迷信却被历史很巧妙的糅合在军人武德里，因此反而增加了军人的勇敢性与团结性。去年在嘉善守兴登堡国防线抗敌时，作战之沉着，牺牲之壮烈，就见出迷信实无碍于它的军人职务。县城一个完全小学也办不好，可是许多青年却在部队中当过一阵兵后，辗转努力，得入正式大学，或陆军大学，成绩都很好。一些由行伍出身的军人，常识且异常丰富；个人的浪漫情绪与历史的宗教情绪结合为一，便成游侠者精神，领导得人，就可成为卫国守土的模范军人。这种游侠精神若用不得其当，自然也可以见出种种短处。或一与领导者离开，即不免在许多事上精力浪费。甚焉者即糜烂地方，尚不自知。总之，这个地方的人格与道德，应当归入另一型范。由于历史环境不同，它的发展也就不同。

凤凰军校阶级不独支配了凤凰，且支配了湘西沅水流域二十县。它的弱点与二十年来中国一般军人弱点相似，即知道管理群众，不大知道教育群众。知道管理群众，因此在统治下社会秩序尚无问题。不大知道教育群众，因此一切进步的理想都难实现。地方边僻，且易受人控制，如数年前领导者陈渠珍被何键压迫离职，外来贪污与本地土劣即打成一片，地方受剥削宰割，毫无办法。民性既刚直，团结性又强，领导者如能将这种优点成为一个教育原则，使湘西群众普遍化，人人各有一种自尊和自信心，认为湘西人可以把湘西弄好，这工作人人有份，是每人责任也是每人权利，能够这样，湘西之明日，就大不相同了。

典籍上关于云贵放蛊的记载，放蛊必与仇怨有关，仇怨又与男女事有关。换言之，就是新欢旧爱得失之际，蛊可以应用作争夺工具或报复工具。中蛊者非狂必死，惟系铃人可以解铃。这倒是蛊字古典的说明，与本意相去不远。看看贵州小乡镇上任何小摊子上都可以公开的买红砒，就可知道蛊并无如何神秘可言了。但蛊在湘西却有另外一种意义，与巫，与此外少女的落洞致死，三者同源而异流，都源于人神错综，一种情绪被压抑后变态的发展。因年龄、社会地位和其他分别，穷而年老的易成为蛊婆，三十岁左右的，易成为巫，十六岁到二十二三岁，美丽爱好而婚姻不遂的，易落洞致死。三者都以神为对象，产生一种变质女性神经病。年老而穷，怨愤郁结，取报复形式方能排泄情感，故蛊婆所作所为，即近于报复。三十岁左右，对神力极端敬信，民间传说如“七仙姐下凡”之类故事又多，结合宗教情绪与浪漫情绪而为一，因此总觉得神对她特别关心，发狂，呓语，天上地下，无往不至，必需作巫，执行人神传递愿望与意见工作，经众人承认其为神之子后，中和其情绪，狂病方不再发。年青貌美的女子，一面为戏文才子佳人故事所启发，一面由于美貌而有才情，婚姻不谐，当地武人出身中产者规矩又严，由压抑转而成为人神错综，以为被神所爱，因此死去。

善蛊的通称“草蛊婆”，蛊人称“放蛊”。放蛊的方法是用蛊类放果物中，毒蛊不外蚂蚁、蜈蚣、长蛇，就本地所有且常见的。中蛊的多小孩子，现象和通常害疳疾腹中生蛔虫差不多，腹胀人瘦，或梦见虫蛇，终于死去。病中若家人疑心是同街某妇人放的，就往去见见她，只作为随便闲话方式，客客气气的说：“伯娘，我孩子害了点小病，总治不好，你知道什么小丹方，告我一个吧。小孩子怪可怜！”那妇人知道人疑心到她了，必说：“那不要紧，吃点猪肝（或别的）就好了。”回家照方子一吃，果然就好了。病好的原因是“收蛊”。蛊婆的家中必异常干净，个人眼睛发红。蛊婆放蛊出于被蛊所逼迫，到相当时日必来一次。通常放一小孩子可以经过一年，放一树木（本地凡树木起瘪有蚁穴因而枯死的，多认为被放蛊死去）只抵两月。放自己孩子却可抵三年。蛊婆所在的街上，街邻照例对她都敬而远之的客气，她也就从不会对本街孩子过不去（甚至于不会对全城孩子过不去）。但某一时若迫不得已使同街孩子致死或城中孩子因受蛊死去，好事者激起公愤，必把这个妇人捉去，放在大六月天酷日下晒太阳，名为“晒草蛊”。或用别的更残忍方法惩治。这事官方从不过问。即或这妇人在私刑中死去，也不过问。受处分的妇人，有些极口呼冤，有些又似乎以为罪有应得，默然无语。然情绪相同，即这种妇人必相信自己真有致人于死的魔力。还有些居然招供出有多少魔力，施行过多少次，某时在某处蛊死谁，某地方某大树枯树自焚也是她做的。在招供中且俨然得到一种满足的快乐。这样一来，照习惯必在毒日下晒三天，有些妇人被晒过后病就好了，以为蛊被太阳晒过就离开了，成为一个常态的妇人。有些因此就死掉了，死后众人还以为替地方除了一害。其实呢，这种妇人与其说是罪人，不如说是疯婆子。她根本上就并无如此特别能力蛊人致命。这种妇人是一个悲剧的主角，因为她有点隐性的疯狂，致疯的原因又是穷苦而寂寞。

行巫者其所以行巫，加以分析，也有相似情形。中国其他地方巫术的执行者，同僧道相差不多，已成为一种游民懒妇谋生的职业。视个人的诈伪聪明程度，见出职业成功的多少。他的作为重在引人迷信，自己却清清楚楚。这种行巫，已完全失去了他本来性质，不会当真发疯发狂了。但凤凰情形不同。行巫术多非自愿的职业，近于“迫不得已”的差使。大多数本人平时为人必极老实忠厚，沉默寡言。常忽然发病，卧床不起，如有神附体，语音神气完全变过，或胡唱胡闹，天上地下，无所不谈。且哭笑无常，殴打自己，长日不吃，不喝，不睡觉。过三两天后，仿佛生命中有种东西，把它稳住了，因极度疲乏，要休息了，长长的睡上一天，人就清醒了。醒后对病中事竟毫无所知，别的人谈起她病中情形时，反觉十分羞愧。

可是这种狂病是有周期性的，约两三个月一次。每次总弄得本人十分疲乏，欲罢不能。按照习惯只有一个方法可以治疗，就是行巫。行巫不必学习，无从传授，只设一神坛，放一平斗，斗内装满谷子，插上一把剪刀。有的什么也不用，就可正式营业。执行巫术的方式，是在神前设一座位，行巫者坐定，用青丝绸巾覆盖脸上。重在关亡[①]，托亡魂说话，用半哼半唱方式，谈别人家事长短，儿女疾病，远行人情形。谈到伤心处，谈者泗涕横溢，听者自然更嘘泣不止。执行巫术后，已成为众人承认的神之子，女人的潜意识，因中和作用，得到解除，因此就不会再发狂病。初执行巫术时，且照例很灵，至少有些想不到的古怪情形，说来十分巧合。因为有事前狂态作宣传，本城人知道的多，行巫近于不得已，光顾的老妇人必甚多，生意甚好。行巫虽可发财，本人通常倒不以所得多少关心，受神指定为代理人，不作巫即受惩罚，设坛近于不得已。行巫既久，自然就渐渐变成职业，使术时多做作处，世人的好奇心同时又转移到新近设坛的别一妇人方面去，这巫婆若为人老实，便

① 关亡：一种迷信，指生者假托死者说话。

因此撤了坛，依然恢复她原有的生活，或作奶妈，或做小生意，或带孩子。为人世故，就成为三姑六婆之一，利用身分，串当地有身分人家的门子，陪老太太念经，或如《红楼梦》中与赵姨娘合作同谋之流妇女，行使点小法术，埋在地下，放在枕边，使“仇人”吃亏。或更作媒作中，弄一点酬劳脚步钱。小孩子多病，命大，就拜寄她作干儿子。小孩子夜惊，就为“收黑”，用个鸡蛋，咒过一番后，黄昏时拿到街上去，一路喊小孩名字，“八宝回来了吗？”另一个就答“八宝回来了”，一直喊到家。到家后抱着孩子手醮唾沫抹抹孩子头部，事情就算办好了。行巫的本地人称为“仙娘”。她的职务是“人鬼之间的媒介”，她的群众是妇人和孩子，她的工作真正意义是她得到社会承认是神的代理人后，狂病即不再发，当地妇女为实生活所困苦，感情无所归宿，将希望与梦想寄在她的法术上，靠她得到安慰。这种人自然间或也会点小丹方，可以治小儿夜惊，膈食。用通常眼光看来，殊不可解，用现代心理学来分析，它的产生同它在社会上的意义，都有它必然的原因。一知半解的读书人，想破除迷信，要打倒它，否认这种“先知”，正说明另一种人的“无知”。

至于落洞，实在是一种人神错综的悲剧，比上述两种妇女病更多悲剧性。地方习惯是女子在某方面的极端压制，成为最高的道德。这种道德观念的形成，由于军人成为地方整个的统治者。军人因职务关系，必时常离开家庭外出，在外面取得对于妇女的经验，必使这种道德观增强，方能维持他的独占情绪与事实。因此本地认为最丑的事无过于女子不贞，男子听妇女有外遇，妇女若无家庭任何拘束，自愿解放，毫无关系的旁人亦可把女子捉来光身游街，表示与众共弃。下面故事是另外一个最好的例。

旅长刘某某，夫人是一个女子学校毕业生，平时感情极好。有同学某女士，因同学时要好，在通信中不免常有些女孩子的感情的话。信被这位军官见到后，便引起疑心。后因信中有句话语近于男子说的，“嫁了人你就把我忘了”，这位军官疑心转增。独自驻防某地，有一天忽然要马弁[1]去接太太，并告马弁：“你把太太接来，到离这里十里，一枪给我把她打死，我要死的不要活的。我要看看她还有一点热气，不同她说话。你事办得好，一切有我；事办不好，不必回来见我。”马弁当然一切照办。当真把旅长太太接来防地，到要下手时，太太一看情形不对，问马弁是什么意思。马弁就告她这是旅长的意思。太太说：“我不能这样冤枉死去，你让我见他去说个明白！”马弁说：“旅长命令要这么办，不然我就得死。”末了两人都哭了。太太让马弁把枪口按在心子上一枪打死了。（打心子好让血往腔子里流！）轿夫快快的把这位太太抬到旅部去见旅长，旅长看看后，摸摸脸和手，看看气已绝了，不由自主淌了两滴英雄泪，要马弁看一副五百块钱的棺木，把死者装殓埋了。人一埋，事情也就完结了。

这悲剧多数人就只觉得死者可悯，因误会得到这样结果，可不觉得军官行为成为问题。倘若女的当真过去一时还有一个情人，那这种处置，在当地人看来，简直是英雄行为了。

女子在这方向所受的压制既如此严酷，一个结过婚的妇人，因家事儿女勤劳，终日织布，绩麻，作腌菜，家境好的还玩骨牌，尚可转移她的情绪不至于成为精神病。一个未出嫁的女子，尤其是一个爱美好洁，知书识字，富于情感的聪明女子，或因早熟，或因晚婚，这方面情绪上所受的压抑自然更大，容易转成病态。地方既在边区苗乡，苗族半原人的神怪观影响到一切人，形成一种绝大力量。大树，洞穴，岩石，无处无神。狐，虎，蛇，龟，无物不怪。神或怪在传说中美丑善恶不一，无不赋以人性。因人与人相互爱悦和当前道德观念极端冲突，便产生人和神怪爱悦的传说，女性在这方面的压抑情绪，方藉此得到一条出路。落洞即人神错综之一种形式。背面所隐藏的悲惨，正与表面所见出的美

① 马弁（biàn）：旧时军官的护兵。

丽，成分相等。

凡属落洞的女子，必眼睛光亮，性情纯和，聪明而美丽。必未婚，必爱好，善修饰。平时贞静自处，情感热烈不外露，转多幻想，间或出门，即自以为某一时无意中从某处洞穴旁经过，为洞神一瞥见到，欢喜了她。因此更加爱独处，爱静坐，爱清洁，有时且会自言自语，常以为那个洞神已驾云乘虹前来看她。这个抽象的神或为传说中的相貌，或为记忆中庙宇里的偶像样子，或为常见的又为女子所畏惧的蛇虎形状。总之这个抽象对手到女人心中时，虽引起女子一点羞怯和恐惧，却必然也感到热烈而兴奋。事实上也就是一种变形的自渎。等待到家中人注意这件事情深为忧虑时，或正是病人在变态情绪中恋爱最满足时。

通常男巫的职务重在和天地，悦人神，对落洞事即付之于职权以外，不能过问。辰州符重在治大伤，对这件事也无可如何。女巫虽可请本家亡灵对于这件事表示意见，或阴魂入洞探询消息，然而结末总似乎凡属爱情，即无罪过。洞神所欲，一切人力都近于白费。虽天王佛菩萨，权力广大，人鬼同尊，亦无从为力。（**迷信与实际社会互相映照，可谓相反相成。**）事到末了，即是听其慢慢死去。死的迟早，都认为一切由洞神作主。事实上有一半近于女子自己作主。死时女子必觉得洞神已派人前来迎接她，或觉得洞神亲自换了新衣骑了白马来接她，耳中有箫鼓竞奏，眼睛发光，脸色发红，间或在肉体上放散一种奇异香味，含笑死去。死时且显得神气清明，美艳照人。真如诗人所说：“她在恋爱之中，含笑死去。”家中人多泪眼莹然相向，无可奈何。只以为女儿被神所眷爱致死。料不到女儿因在人间无可爱悦，却爱上了神，在人神恋与自我恋情形中消耗其如花生命，终于衰弱死去。

凡女子落洞致死的年龄，迟早不等，大致在十六到二十四五左右。病的久暂也不一，大致由两年到五年。落洞女子最正当的治疗是结婚，一种正常美满的婚姻，必然可以把女子从这种可怜的生活中救出。可是照习惯这种为神眷顾的女子，是无人愿意接回家中作媳妇的。家中人更想不到结婚是一种最好的法术和药物。因此末了终是一死。

湘西女性在三种阶段的年龄中，产生蛊婆女巫和落洞女子。三种女性的歇思底里亚[①]，就形成湘西的神秘之一部。这神秘背后隐藏了动人的悲剧，同时也隐藏了动人的诗。至如辰州符，在伤科方面用催眠术和当地效力强不知名草药相辅为治，男巫用广大的戏剧场面，在一年将尽的十冬腊月，杀猪宰羊，击鼓鸣锣，来作人神和乐的工作，集收人民的宗教情绪和浪漫情绪，比较起来，就见得事很平常，不足为异了。

浪漫情绪和宗教情绪两者混而为一，在女子方面，它的排泄方式，有如上所述说的种种。在男子方面，则自然而然成为游侠者精神。这从游侠者的道德规律所表现的宗教性和戏剧性也可看出。妇女道德的形成，与游侠者的规律大有关系。游侠者对同性同道称哥唤弟，彼此不分。故对于同道眷属亦视为家中人，呼为嫂子。子弟儿郎们照规矩与嫂子一床同宿，亦无所忌。但条款必遵守，即“只许开弓，不许放箭”。条款意思就是同住无妨，然不能发生关系。若发生关系，即为犯条款，必受严重处分。这种处分仪式，实充满宗教性和戏剧性。下面一件记载，是一个好例。这故事是一个参加过这种仪式的朋友说的。

在野地排三十六张方桌（象征梁山三十六天罡[②]），用八张方桌重叠为一个高台，桌前掘一见方一丈八尺的土坑，用三十六把尖刀竖立坑中，刀锋向上，疏密不一。预先用浮土掩着，刀尖不外露。所有弟兄哥子都全副戎装到场，当时流行的装束是：青绉绸巾裹头，视耳边下垂巾角长短表示身分。穿纸甲，用棉纸捶炼而成，中夹头发，作成背心式样，轻而柔韧，可以避刀刃。外穿密钮打衣，袖小而紧。佩平时所长武器，多单刀双刀，小牛皮刀鞘上绘有绿云红云，刀环上系彩绸，作为装饰。着青袴，裹腿，腿部必插两把黄鳝尾小尖刀。赤脚，穿麻练鞋。桌

① 歇思底里亚：通译歇斯底里。

② 梁山三十六天罡：天罡，星官名。《水浒传》中按座次排前三十六员将领被认为是天罡星下凡。

上排定酒盏，燃好香烛，发言的必先吃血酒盟心（或咬一公鸡头，将鸡血滴入酒中，或咬破手指，将本人血滴入酒中）。“管事”将事由说明，请众议处。事情是一个作大哥的嫂子有被某“老幺”调戏嫌疑，老幺犯了某条某款。女子年青而貌美，长眉弱肩，身材窈窕，眼光如星子流转。男的不过二十岁左右，黑脸长身，眉目英悍。管事把事由说完后，女子继即陈述经过，那青年男子在旁沉默不语。此后轮到青年开口时，就说一切都出于诬蔑。至于为什么诬蔑，他不便说，嫂子应当清清楚楚。那意思就是说嫂子对他有心，他无意。既经否认，各执一说，“执法”无从执行处分，因此照规矩决之于神。青年男子把麻鞋脱去，把衣甲脱去，光身赤脚爬上那八张方桌顶上去。毫无惧容，理直气壮，奋身向土坑跃下。出坑时，全身丝毫无伤。照规矩即已证实心地光明，一切出于受诬。其时女子头已低下，脸色惨白，知道自己命运不佳，业已失败，不能逃脱。那大哥揪着女的发髻，跪到神桌边去，问她：“还有什么话说？”女的说：“没有什么说的。冤有头，债有主，凡事天知道。”引颈受戮，不求饶也不狡辩。一切沉默。这大哥看看四面八方，无一个人有所表示，于是拔出背上军刀，一刀结果了这个因爱那小兄弟不遂心，反诬他调戏的女子。头放在神桌前，眉目下垂如熟睡。一伙哥子弟兄见事已完，把尸身拖到原来那个土坑里去，用刀掘土，把尸身掩埋了。那个大哥和那个幺兄弟，在情绪上一定都需要流一点眼泪，但身分上的习惯，却不许一个男子为妇人显出弱点，都默然无言，各自走开。

类乎这种事情还很多。都是浪漫与严肃，美丽与残忍，爱与怨，交缚不可分。

游侠者行径在当地也另成一种风格，与国内近代化的青红帮稍稍不同。重在为友报仇，扶弱锄强，挥金如土，有诺必践。尊重读书人，敬事同乡长老。换言之，就是还能保存一点古风。有些人虽能在川黔湘鄂数省边境号召数千人集会，在本乡却谦虚纯良，犹如一乡巴老，有兵役的且依然按时入衙署当值，听候差遣作小事情，凡事照常。赌博时用小铜钱三枚跌地，名为“板三”，看反复，数目，决定胜负，一反手间即输黄牛一头，银元一百两百，输后不以为意，扬长而去，从无翻悔放赖情事。决斗时两人用分量相等武器，一人对付一人，虽亲兄弟只能袖手旁观，不许帮忙，仇敌受伤倒下后，即不继续填刀，否则就被人笑话，失去英雄本色，虽胜不武。犯条款时自己处罚自己，割手截脚，脸不变色，口不出声。总之，游侠观念纯是古典的，行为是与太史公所述相去不远的。二十年闻名于川黔鄂湘各边区凤凰人田三怒，可为这种游侠者一个典型。年纪不到十岁，看木傀儡戏时，就携一血梼木短棒，在戏场中向屯恳军子弟不端重的横蛮的挑衅，或把人痛殴一顿，或反而被人打得头破血流，不以为意。十二岁就身怀黄鳝尾小刀，称“小老幺”，三江四海口诀背诵如流。家中老父开米粉馆，凡小朋友照顾的，一例招待，从不接钱。十五岁就为友报仇，走七百里路到常德府去杀一木客镖手，因听人说这个镖手在沅州有意调戏一个妇人，用手触过妇人的乳部，这少年就把镖手的双手砍下，带到沅州去送给那朋友。年纪二十岁，已称“龙头大哥”，名闻边境各处，然在本地每日抱大公鸡往米场斗鸡时，一见长辈或教学先生，必侧身在墙边让路，见女人必低头而过，见作小生意老妇人，必叫伯母，见人相争相吵，必心平气和劝解，且用笑话使大事化为小事。周济逢丧事的孤寡，从不出名露面。各庙宇和尚尼姑行为有不正当的，恐败坏当地风俗，必在短期中想方法把这种不守清规的法门弟子逐出境外。作龙头后身边子弟甚多，龙蛇不一，凡有调戏良家妇女，或赌博撒赖，或倚势强夺，经人告诉的，必招来把事情问明白，照条款处办。执法老幺，被派往六百里外杀人，随时动员，如期带回证据。结怨甚多，积德亦多。身体瘦黑而小，秀弱如一小学教员，不相识的绝不会相信这是湘西一霸。

光棍服软不服硬，白羊岭有一张姓汉子，出门远走云贵二十年，回家时与人谈天，问“本地近来谁有名？”或人说：“田三怒。”姓张的稍露出轻视神气："田三怒不是正街卖粉的田家小儿子？"当夜就有人去叫张家的门，在门外招呼说："姓张的，你明天天亮以前走路，不要在这个地方住。不走路后天我们送你回老家。"姓张的不以为意，可是到后天大清早，有人发现他在一个桥头上斜坐着，走近身看看，原来两把刀插在心窝上，人已经死了。另外有个姓王的，卖牛肉讨生活，过节喝了点酒，酒后忘形，当街大骂田三怒不是东西，若有勇气，可以当街和他比比。正闹着，田三怒却从街上过身，一切听得清清楚楚。事后有人赶去告给那醉汉的母亲，老妇人听说吓慌了，赶忙去找他，哭哭啼啼，求他不要见怪。并说只有这个儿子，儿子一死，自己老命也完了。田三怒只是笑，说："伯母，这是小事情，他喝了酒，乱说玩的。我不会生他的气。谁也不敢挨他，你放心。"事后果然不再追究。还送了老妇人一笔钱，要那儿子开个面馆。

田三怒四十岁后，已豪气稍衰，压倦了风云，把兄弟遣散，洗了手，在家里养马种花过日子。间或骑了马下乡去赶场，买几只斗鸡，或携细尾狗，带长网去草泽地打野鸡，逐鹌鹑，猎猎野猪，人料不到这就是十年前在川黔边境增加了凤凰人光荣的英雄田三怒。本人也似乎忘记自己作了些什么事。一天下午，牵了他那两匹骏健白马出城下河去洗马。城头上有两个懦夫居高临下，用两支匣子炮由他身背后打了约十三发子弹，有两粒子弹打在后颈上，五粒打在腰背上。两匹白马受惊，脱了缰沿城根狂奔而去。老英雄受暗算后，伏在水边石头上，勉强翻过身来，从怀中掏出小勃朗宁[①]拿在手上，默然无声。他知道等等就会有人出城来的。不一会，懦夫之一果然提着匣子炮出城来了，到离身三丈左右时，老英雄手一扬起，枪声响处那懦夫倒下，子弹从左眼进去，即刻死了。城头上那个懦夫在隐蔽处重新打了五枪。田三怒教训他："狗杂种，你做的事丢了镇筸人的丑。在暗中射冷箭，不像个男子。你怎不下

① 小勃朗宁：一种手枪。

来？”懦夫不作声。原来城上来了另外的人，这行刺的就跑了。田三怒知道自己不济事了，在自己太阳穴上打了一枪，便如此完结了自己，也完结了当地最后一个游侠者。

派人作这件事情的，到后才知道是一个姓唐的。这个人也可称为苗乡一霸，辛亥革命领率苗民万人攻城，牺牲苗民将近六千人，北伐时随军下长江，曾任徐海警备司令。卸职还乡后称“司令官”，在离城十里长宁哨新房子中居家纳福。事有凑巧，作了这件事后，过后数年，这人居然被一个驻军团长，不知天高地厚，把他捉来放在牢里，到知道这事不妥时，人已病死狱中了。

田三怒子弟极多，十年来或因年事渐长，血气已衰，改业为正经规矩商人。或带剑从军，参加各种内战，牺牲死去。或因犯案离乡，漂流无踪。在日月交替中，地方人物新陈代谢，风俗习惯日有不同。因此到近年来，游侠者精神虽未绝，所有方式已大大有了变化。在那万山环绕的小小石头城中，田三怒的姓名，已逐渐为人忘却，少年子弟中有从图画杂志上知道“飞将军”，“小黑炭”，“美人鱼”，“毛泽东”等人的事业，却不知道田三怒是谁。

当年田三怒得力助手之一，到如今还好好存在，为人依然豪侠好客，待友以义，在苗民中称领袖，这人就是去年使湘西发生问题，迫何键去职，使湖南政治得一转机的龙云飞。二十年前眼目精悍，手脚麻利，勇敢如豹子，轻捷如猿猴，身体由城墙头倒掷而下，落地时尚能作矮马桩姿势。在街头与人决斗，杀人后下河边去洗手时，从从容容如毫不在意。现在虽尚精神矍烁，面目光润，但已白发临头，谦和宽厚如一长者。回首昔日，不免有英雄老去之慨！

这种游侠者精神既浸透了三厅[①]子弟的脑子，所以在本地读书人观念上也发生影响，军人政治家，当前负责收拾湘西的陈老先生[②]，年近

---

① 三厅：清时所置凤凰、乾城、永绥三个直隶厅的总称。

② 陈老先生：陈渠珍。1938 年初，复出任沅陵绥靖公署主任。

六十，体气精神，犹如三十许青年壮健，平时律己之严，驭下之宽，以及处世接物，带兵从政，就大有游侠者风度。少壮军官中，如师长顾家齐、戴季韬辈，虽受近代化训练，面目文弱和易如大学生，精神上多因游侠者的遗风，勇鸷慓悍，好客喜弄，如太史公传记中人。诗人田星六，诗中就充满游侠者霸气。山高水急，地苦雾多，为本地人性格形成之另一面。游侠者精神的浸润，产生过去，且将形成未来。

（选自《湘西》，1939 年 8 月由商务印书馆初版）

第三辑

导读

不会结束的梦

四川大学文学博士 胡余龙

沈从文的湘西，是一方独特而神秘的所在，那里的山水人情令人心驰神往。在这一辑里，作者用舒缓而澄净的笔触，描写了他在重返湘西过程中的所见所闻、所思所感。沈从文的湘西记忆，犹如山泉缓缓流淌，不曾中断；又如一场幻梦，不会结束。

湘西的人是这样可爱、纯朴：沅陵的人勤俭耐劳，使作者忍不住赞美湘西民众“可以为国家完成任何伟大理想”（《沅陵的人》）。湘西的物是这样亲切、别致：常德的船只“形制复杂不一，各有个性”，足以让每个见过它们的人念念不忘（《常德的船》）。湘西的景是这样安心、静谧：在被黑夜占领的河面上零星点缀着火光和灯光，夜宿鸭窠围的陌生人可以围在一起做饭、吃茶、烤火（《鸭窠围的夜》）。

怀旧之中，难免夹杂着伤感。辰州的小豹子（《虎雏再遇记》）、箱子岩的跛子青年（《箱子岩》），都勾起了作者最柔软的情愫。而最让人伤感的是泸溪之行，十七年前和作者一起参军的两个伙伴，一个在土匪手中丢了性命，一个在小城中消磨了岁月（《老伴》）。

读沈从文的文字，其实是在体验他的人生。尽管他很少在散文中直接表达自己对湘西的深厚情感，但是读者能从字里行间感受到他内心的炙热。“现在还有许多人生活在那个城市里，我却常常生活在那个小城过去给我的印象里。”可以说，沈从文一直都生活在对湘西的记忆里，这场梦延续了他的一生。

常德的船

常德就是武陵，陶潜的《搜神后记》上《桃花源记》说的渔人老家，应当摆在这个地方。德山在对河下游，离城市二十余里，可说是当地唯一的山。汽车也许停德山站，也许停县城对河另一站。汽车不必过河，车上人却不妨过河，看看这个城市的一切。地理书上告给人说这里是湘西一个大码头，是交换出口货与入口货的地方。桐油、木料、牛皮、猪肠子和猪鬃毛，烟草和水银，五倍子和鸦片烟，由川东、黔东、湘西各地用各色各样的船只装载到来，这些东西是全得由这里转口，再运往长沙武汉的。子盐、花纱、布匹、洋货、煤油、药品、面粉、白糖，以及各种轻工业日用消耗品和必需品，又由下江轮驳运到，也得从这里改装，再用那些大小不一的船只，分别运往沅水各支流上游大小码头去卸货的。市上多的是各种庄号。各种庄号上的坐庄人，便在这种情形下成天如一个磨盘，一种机械，为职务来回忙。邮政局的包裹处，这种人进出最多。长途电话的营业处，这种坐庄人是最大主顾。酒席馆和妓女的生意，靠这种坐庄人来维持。

除了这种繁荣市面的商人，此外便是一些寄生于湖田的小地主，作过知县的小绅士，各县来的男女中学生，以及外省来的参加这个市面繁荣的掌柜，伙计，乌龟，王八。全市人口过十万，街道延长近十里，一个过路人到了这个城市中时，便会明白这个湘西的咽喉，真如所传闻，地方并不小。可是却想不到这咽喉除吐纳货物和原料以外，还有些什么东西。作这种吐纳工作，责任大，工作忙，性质杂，又是些什么人。假若一旦没有了他们，这城市会不会忽然成为河边一个废墟？这种人照例触目可见，水上城里无一不可以碰头，却又最容易为旅行者所疏忽。我想说的是真正在控制这个咽喉，支配沅水流域的几万船户。

这个码头真正值得注意令人惊奇处，实在也无过于船户和他所操纵的水上工具了。要认识湘西，不能不对他们先有一种认识。要欣赏湘西地方民族特殊性，船户是最有价值材料之一种。

一个旅行者理想中的武陵，渔船应当极多。到了这里一看，才知道水面各处是船只，可是却很不容易发现一只渔船。长河两岸浮泊的大小船只，外行人一眼看去，只觉得大同小异。事实上形制复杂不一，各有个性，代表了各个地方的个性。让我们从这方面来多知道一点点，对于我们也许有些便利处。

船只最触目的三桅大方头船，这是个外来客，由长江越湖来的，运盐是它主要的职务，它大多数只到此为止，不会向沅水上游走去。普通人叫它做“盐船”，名实相符。船家叫它做“大鳅鱼头”，《金陀粹编》上载岳飞在洞庭湖水擒杨幺故事，这名字就见于记载了，名字虽俗，来源却很古。这种船只大多数是用乌油漆过，所以颜色多是黑的。这种船按季候行驶，因为要大水大风方能行动。杜甫诗上描绘的“洋洋万斛船，影若扬白虹”，也许指的就是这种水上东西。

比这种盐船略小，有两桅或单桅，船身异常秀气，头尾忽然收敛，令人入目起尖锐印象，全身是黑的，名叫“乌江子”。它的特长是不怕风浪，运粮食越湖。它是洞庭湖上的竞走选手。形体结构上的特点是桅高、帆大、深舱、锐头。盖舱篷比船身小，因为船舷外还有护舱板。弄船人同船只本身一样，一看很干净，秀气斯文。行船既靠风，上下行都使帆，所以帆多整齐，船上用的水手不多，仅有的水手会拉篷、摇橹、撑篙，不会荡桨——这种船上便不常用桨。放空船时妇女还可代劳掌舵。这种船间或也沿河上溯，数目极少，船身材料薄，似不宜于冒险。这种船在沅水流域也算是外来客。

在沅水流域行驶，表现得富丽堂皇、气象不凡，可称为巨无霸的船只，应当数“洪江油船”。这种船多方头高尾，颜色鲜明，间或且有一点金漆装饰。尾梢有舵楼，可以安置家眷。大船下行可载三四千桶桐油，上行可载两千件棉花，或一票食盐。用橹手二十六人到四十人，用纤手三十人到六七十人。必待春水发后方上下行驶，路线系往返常德和洪江。每年水大至多上下三五回，其余大多时节都在休息中，成排结队停泊河面，俨然是河上的主人。船主照例是麻阳人，且照例姓滕，善交际，礼数清楚。常与大商号中人拜把子，攀亲家。行船时站在船后檀木舵把边，庄严中带点从容不迫神气，口中含了个竹马鞭短烟管，一面看水，一面吸烟。遇有身分的客人搭船，喝了一杯酒后，便向客人一五一十叙述这只油船的历史，载过多少有势力的军人、阔老，或名驰沅水流域的妓女。换言之，就是这只船与当地“历史”发生多少关系！这种船只上的一切东西，无一不巨大坚实。船主的装束在船上时看不出什么特别处，上岸时却穿长袍（下脚过膝三四寸），罩青羽绫马褂，戴呢帽或小缎帽，佩小牛皮抱肚，用粗大银练系定，内中塞满了银元。穿生牛皮靴子，走路时踏得很重。个子高高的，瘦瘦的。有一双大手，手上满是黄毛和青筋。会喝酒，打牌，且豪爽大方，吃花酒应酬时，大把银元钞票从抱肚掏出，毫不吝啬。水手多强壮勇敢，眉目精悍，善唱歌、泅水、打架、骂野话。下水时如一尾鱼，上岸接近妇人时像一只小公猪。白天弄船，晚上玩牌，同样做得极有兴致。船上人虽多，却各有所事，从不紊乱。舱面永远整洁如新。拔锚开头时，必擂鼓敲锣，在船头烧纸烧香，煮白肉祭神，燃放千子头鞭炮，表示人神和乐，共同帮忙，一路福星。在开船仪式与行船歌声中，使人想起两千年前《楚辞》发生的原因，现在还好好的保留下来，今古如一。

比洪江油船小些，形式仿佛也较笨拙些（一般船只用木板作成，这种船竟像用木柱作成），平头大尾，一望而知船身十分坚实，有斗拳师的神气，名叫“白河船”。白河即酉水的别名。这种船只即行驶于沅水由常德到沅陵一段，酉水由沅陵到保靖一段。酉水滩流极险，船只必经得起磕撞。船只必载重方能压浪，因此尾部如臀，大而圆。

下行时在船头缚大木桡两把，木桡的用处是船只下滩，转头时比舵切于实际。照水上人俗谚说“三桨不如一篙，三橹不如一桡”。桡读作招。酉水浅而急，不常用橹，篙桨用处多，因此篙多特别长大，桨较粗硕，肥而短。船篷用棕子叶编成，不涂油。船主多永顺保靖人，姓向姓王姓彭占多数。酉水河床窄，滩流多，为应付自然，弄船人所需要的勇敢能耐也较多。行船时常用相互诅骂代替共同唱歌，为的是受自然限制较多，脾气比较坏一点。酉水是传说中古代藏书洞穴所在地，多的是

高大宏敞，充满神秘的洞穴。由沅陵起到酉阳止，沿酉水流域的每个县分总有几个洞穴。可是如沅陵的大酉洞，保靖的狮子洞，酉阳的龙洞，这些洞穴纵有书籍也早已腐烂了。到如今这条河流最多的书应当是宝庆纸客贩卖的石印本历书，每一条船上照例都有一本皇历。船家禁忌多，历书是他们行动的宝贝。河水既容易出事情，个人想减轻责任，因此凡事都俨然有天作主，由天处理，照书行事，比较心安，也少纠纷。酉水流域每个县分的船只，在形式上又各不相同，不过这些小船不出白河，在常德能看到的白河油船，形体差不多全是一样。

沅水中部的辰溪县，出白石灰和黑煤，运载这两种东西的本地船叫做“辰溪船”，又名“广舶子”。它的特点和上述两种船只比较起来，显得材料脆薄而缺少个性。船身多是浅黑色，形状如土布机上的梭子，款式都不怎么高明。下行多满载这些不值钱的货物，上行因无回头货便时常放空。船身脏，所运货物又少时间性，满载下驶，危险性多，搭客不欢迎，因之弄船人对于清洁时间就不甚关心。这种船上的席篷照例是不大完整的，布帆是破破碎碎的，给人印象如一个破落户。弄船人因闲而懒，精神多显得萎靡不振。

洞河（即泸溪）发源于乾城苗乡大小龙洞，和凤凰苗乡乌巢河。两条小河在乾城县的所里市相汇。向东流，到泸溪县，方和沅水同流。在这条河里的船就叫“洞河船”。河源由苗乡梨林地方两个洞穴中流出，河床是乱石底子，所以水质特别清，水性特别猛。船身必需从撞磕中挣扎，河身既小，船身也较轻巧。船舷低而平，船头窄窄的。在这种船上水手中，我们可以发现苗人。不过见着他时我们不会对他有何惊奇，他也不会对我们有何惊奇。这种人一切和别的水上人都差不多，所不同处，不过是他那点老实、忠厚、纯朴、戆直性情——原人的性情，因为住在山中，比城市人保存得多点罢了。乾城人极聪明文雅，小手小脚小身材，唱出歌时嗓子非常好听，到码头边时可特别沉默安静。船只太小了，不常有机会到这大码头边靠船。这种船停泊在河面时似乎很羞怯，正如水手们上街时一样羞怯。

乾城用所里作本县吐纳货物的水码头。地方虽不大，小小石头城却很整齐干净，且出了几个近三十年来历史上有名姓的人物。段祺瑞时代的陆军总长傅良佐将军，是生长在这个小县城里的。东北军宿将，国内当前军人中称战术权威的杨安铭将军，也是这地方人。

在河上显得极活动，极有生气，而且数量极多的，是普通的中型

“麻阳船”。这种船头尾高举，秀拔而灵便。这种船只的出处是麻阳河（即辰溪）。每只船上都可见到妇人，孩子，童养媳，弄船人一面担负商人委托的事务，一面还担负上帝派定的工作，两方面都异常称职。沅水流域的转运事业，大多数由这地方人支配，人口繁荣的结果，且因此在常德城外多了一条麻阳街。“一切成功都必需争斗”，这原则也可用作麻阳街的说明。据传说，这条街是个姓滕的水手双拳打出来的。我们若有兴趣特意到那条街上走走，可知道开小铺子的、做理发店生意的、卖船上家伙的、经营皮肉生涯的，全是麻阳人，我们就会明白，原来参加这种争斗，每人都有一份。麻阳人的精力绝伦处，或者与地方出产有点关系。麻阳出各种橘子，糯米亦极好，作甜酒特别相宜。人口加多，船只也越来越多，因此沅水水面的世界，一大半是麻阳人的。大凡船只停靠处，都有叫乡亲的麻阳人。乡亲所得的便利极多，平常外乡人，坐船时于是都叫麻阳人作“乡亲”。乡亲的特点是面目精悍而性情快乐，作水手的都能吃，能做，能喝，能打架。船主上岸时必装扮成为一个小乡绅，如驾洪江油船的大老板一样穿袍穿褂，着生牛皮盘云长统钉靴，戴有皮封耳的毡帽或博士帽，手指套上分量沉重的金戒指，皮抱肚里装上许多大洋钱，短烟管上悬个老虎爪子，一端还镶包一片镂花银皮。见人就请教仙乡何处，贵府贵姓。本人大多数姓滕，名字“代富”“宜贵”。对三十年来的本省政治，比起任何地方船主都熟习，都关心。欢喜讲礼教、臧否人物，且善于称引经典格言和当地俗谚，作为谈天时章本。恭维客人时必从恭维上增多一点收入，被客人恭维时便称客人为“知己”，笑嘻嘻的请客人喝酒。妇女在船上不特对于行船毫无妨碍，且常常是一个好帮手。妇女多壮实能干，大脚大手，善于生男育女。

麻阳人中另外还有一双值得称赞的手，在湘西近百年实无匹敌，在国内也是一个少见的艺术家，是塑像师张秋潭那双手。

在常德水码头船只极小，飘浮水面如一片叶子，数量之多如淡干鱼，是专载客人用的“桃源划子”。木商与烟贩，上下办货的庄客，过路的公务员，放假的男女学生，同是这种小船的主顾。船身既轻小，上下行的速度较之其他船只快过一倍，下滩时可从边上小急流走，决不会出事。在平潭中且可日夜赶程，不会受关卡留难。因此在有公路以前，这种小小船只实为沅水流域交通利器。弄船人工作不需如何紧张，开销又少，收入却较多。装载客人且多阔老，同时桃源县人的性格又特别随和（沅水一到桃源后就变成一片平潭，再无恶滩急流，自然影响到水上人性情很大），所以弄船人脾气就马虎得多。很多是瘾君子，白天弄船，晚上便靠灯。有些家中人说不定还留在县里，经营一种不必要本钱的职业，分工合作，都不闲散。且能作客人向导，带访桃源洞的客人到所要到的新奇地方去。

在沅水流域上下行驶，停泊到常德码头应当称为“客人”的船只，共有好几种，有从芷江上游黔东玉屏来的，有从麻阳河上游黔东铜仁来的，有从白河上游川东龙潭来的。玉屏船多就洪江转口，下行不多。龙潭船多从沅陵换货，下行不多。“铜仁船”装油碱下行的，有些庄号在常德，所以常直放常德。船只最引人注意处是颜色黄明照眼，式样轻巧，如竞赛用船。船头船尾细狭而向上翘举，舱底平浅，材料脆薄，给人视觉上感到灵便与愉快，在形式上可谓秀雅绝伦。弄船人语言清婉，装束素朴，有些水手还穿齐膝的长衣，裹白头巾，风度整洁和船身极相称。船小而载重，故下行时船舷必缚茅束挡水。这种船停泊河中，仿佛极其谦虚，一种作客应有的谦虚。然而比同样大小的船只都整齐，一种作客不能不注意的整齐。

此外常德河面还有一种船只，数量极多，有的时常移动，有的又长久停泊。这些船的形式一律是方头、方尾、无桅、无舵。用木板作舱壁，开小小窗子，木板作顶。有些当作船主的金屋，有些又作逋逃者的窟穴。船上有招纳水手客人的本地土娼，有卖烟和糖食、小吃、猪蹄子、粉面的生意人。此外算命卖卜的，圆光关亡的，无不可以从这种船上发现。船家做寿成亲，也多就方便借这种水上公馆举行。因此，一遇黄道吉日，总是些张灯结彩，响器声，弦索声，大小炮仗声，划拳歌呼声，点缀水面热闹。

常德县城本身也就类乎一只旱船，女作家丁玲，法律家戴修瓒，国学家余嘉锡，是这只旱船上长大的。较上游的河堤比城中高得多。涨水时水就到了城边，决堤时城四围便是水了。常德沿河的长街，街市上大小各种商铺，不下数千家，都与水手有直接关系。杂货店铺专卖船上用件及零用物，可说是它们全为水手而预备的。至如油盐、花纱、牛皮、烟草等等庄号，也可说水手是为它们而有的。此外如茶馆，酒馆和那经营最素朴职业的户口，水手没有它不成，它没水手更不成。

常德城内一条长街，铺子门面都很高大（与长沙铺子大同小异近于夸张），木料不值钱，与当地建筑大有关系。地方滨湖，河堤另一面多平田泽地，产鱼虾、莲藕，因此鱼栈莲子栈延长了长街数里。多清真教门，因此牛肉特别肥鲜。

常德沿沅水上行九十里，才到桃源县，再上行二十五里，方到桃源洞。千年前武陵渔人如何沿溪走到桃花源，这路线尚无好事的考古家说起。现在想到桃源访古的风雅人，大多数只好坐公共汽车去，到过了桃源，兴趣也许在彼而不在此，留下印象较深刻的东西，不是那个传说的洞穴，倒是另外一些传说所不载的较新洞穴。在桃源县想看到老幼黄发垂髫，怡然自乐的光景，并不容易。不过或者因为历史的传统，地方人倒很和气，保存一点古风。也知道欢迎客人，杀鸡作黍，留客住宿。虽然多少得花点钱，数目并不多。可是一个旅行者应当知道，这些人赠送游客的礼物，有时不知不觉太重了点，最好倒是别大意，莫好奇，更不要因为记起宋玉所赋的高唐神女，刘晨阮肇天台所遇的仙女，想从经验中去证实故事。换言之，不妨学个“老江湖”，少生事！当地纵多神女仙女，可并不是为外来读书人游客预备的，沅水流域的木竹簰商人是唯一受欢迎者。好些极大的木竹簰，到桃源后不久就无影无踪不见了，照俚话所说，是“进了桃源的洞穴”的。

政治家宋教仁，老革命党覃振，同是桃源县人。桃源县有个省立第二女子师范学校，五四运动谈男女解放平等，最先要求男女同校，且实现它，就是这个学校的女学生。

（选自《湘西》，1939 年 8 月由商务印书馆初版）

鸭窠围的夜

天快黄昏时落了一阵雪子，不久就停了，天气真冷，在寒气中一切皆仿佛结了冰，便是空气，也像快要冻结的样子。我包定的那一只小船，在天空大把撒着雪子时已泊了岸。从桃源县沿河而上这已是第五个夜晚。看情形晚上还会有风有雪，故船泊岸边时便从各处挑选好地方。沿岸除了某一处有片沙岨宜于泊船以外，其余地方皆黛色如屋的大石头。石头既然那么大，船又那么小，我们皆希望寻觅得到一个能作小船风雪屏障，同时要上岸又还方便的处所。凡可以泊船的地方早已被当地渔船占去了。小船上的水手，把船上下各处撑去，钢钻头敲打着沿岸大石头，发出好听的声音，结果这只小船，还是不能不同许多大小船只一样，在正当泊船处插了篙子，把当作锚头用的石碇抛到沙上去，尽那行将来到的风雪，摊派到这只船上。

这地方是个长潭的转折处，两岸皆高大壁立的山，山头上长着小小竹子，长年翠色逼人。这时节两山只剩余一抹深黑，赖天空微明为画出一个轮廓。但在黄昏里看来如一种奇迹的，却是两岸高处去水已三十丈上下的吊脚楼。这些房子莫不俨然悬挂在半空中，藉着黄昏的余光，还可以把这些希奇的楼房形体，看得出个大略。这些房子同沿河一切房子有共通相似处，便是从结构上说来，处处显出对于木材的浪费。房屋既在半山上，不用那么多木料，便不能成为房子吗？半山上也有用吊脚楼形式，这形式是必需的吗？然而这条河水的大宗出口是木料，木材比石块还不值价。因此即或是河水永远涨不到处，吊脚楼房子依然存在，似乎也不应当有何惹眼惊奇了。但沿河因为有了这些楼房，长年与流水斗争的水手，寄身船中枯闷成疾的旅行者，以及其他过路人，却有了落脚处了。这些人的疲劳与寂寞是从这些房子中可以一律解除的。地方既好看，也好玩。

河面大小船只泊定后，莫不点了小小的油灯，拉了篷。各个船上皆在后舱烧了火，用铁顶罐煮饭，饭闷熟后，又换锅子熬油，哗的把菜蔬倒进热锅里去。一切齐全了，各人蹲在舱板上三碗五碗把腹中填满后，天已夜了。水手们怕冷怕动的，收拾碗盏后，就莫不在舱板上摊开了被盖，把身体钻进那个预先卷成一筒又冷又湿的硬棉被里去休息。至于那些想喝一杯的，发了烟瘾得靠靠灯，船上烟灰又翻尽了的，或一无所为，只是不甘寂寞，好事好玩想到岸上去烤烤火谈谈天的，则莫不提了桅灯，或燃一段废缆子，摇着晃着从船头跳上了岸，从一堆石头间的小路径，爬到半山上吊脚楼房子那边去，找寻自己的熟人，找寻自己的熟地。陌生人自然也有来到这条河中来到这种吊脚楼房子里的时节，但一到地，在火堆旁小板凳上一坐，便是陌生人，即刻也就可以称为熟人了。

这河边两岸除了停泊有上下行的大小船只三十左右以外，还有无数在日前趁融雪涨水放下形体大小不一的木筏。较小的上面供给人住宿过夜的棚子也不见，一到了码头，便各自上岸找住处去了。大一些的木筏呢，则有房屋，有船只，有小小菜园与养猪养鸡栅栏，有女眷，有孩子。

黑夜占领了全个河面时，还可以看到木筏上的火光，吊脚楼窗口的灯光，以及上岸下船在河岸大石间飘忽动人的火炬红光。这时节岸上船上皆有人说话，吊脚楼上且有妇人在黯淡的灯光下唱小曲的声音，每次唱完一支小曲时，就有人笑嚷。什么人家吊脚楼下有匹小羊叫，固执而且柔和的声音，使人听来觉得忧郁，我心中想着，“这一定是从别一处牵来的，另外一个地方，那小畜生的母亲，一定也那么固执的鸣着吧。”算算日子，再过十一天便过年了。“小畜生明不明白只能在这个世界上活过十天八天？”明白也罢，不明白也罢，这小畜生是为了过年而赶来应在这个地方死去的。此后固执而又柔和的声音，将在我耳边永远不会消失。我觉得忧郁起来了。我仿佛触着了这世界上一点东西。看明白了这世界上一点东西，心里软和得很。

但我不能这样子打发这个长夜，我把我的想象，追随了一个唱曲时清中夹沙的妇女声音到她的身边去了。于是仿佛看到了一个床铺，下面是草荐，上面摊了一床用旧帆布或别的旧货做成脏而又硬的棉被，搁在被盖上面的是一个木托盘，盘中有一把小茶壶，一个小烟匣，一块石头，一盏灯。盘边躺着一个人。唱曲子的妇人，或是袖了手捏着自己的膀子站在吃烟者的面前，或是靠在男子对面的床头，为客人烧烟。房子分两进，前面临街，地是土地，后面临河，便是所谓吊脚楼了。这些人房子窗口既一面临河，可以凭了窗口呼喊河下船中人，当船上人过了瘾，胡闹已够，下船时，或者尚有些事情嘱托，或有其他原因，一个晃着火炬停顿在大石间，一个便凭立在窗口，“大老你记着，船下行时又来！”“好，我来的，我记着的。”“你见了顺顺就说：会呢，完了；孩子大牛呢，脚膝骨好了，细粉捎三斤，冰糖捎三斤。”“记得到，记得到，大娘你放心，我见了就说：会呢，完了，大牛呢，好了，细粉来三斤，冰糖来三斤。”“杨氏，杨氏，一共四吊七，莫错账！”“是的，放心呵，你说四吊七就四吊七，年三十夜莫会要你多的！你自己记着就是了！”这样那样的说着，我一一皆可听到，而且一面还可以听着在黑暗中某一处咩咩的羊鸣。我明白这些回船的人是上岸吃过“荤烟”了的。

我还估计得出，这些人不吃“荤烟”，上岸时只去烤烤火的，到了那些屋子里时，便多数只在临街那一面铺子里。这时节天气太冷，大门必已上好了，屋里一隅或点了小小油灯，屋中土地上必就地掘了浅凹，烧了些树根柴块。火光煜煜，且时时刻刻爆炸着一种难于形容的声音。火旁矮板凳上坐有船上人，木筏上人，有对河住家的熟人。且有虽为天所厌弃还不自弃的老妇人，闭着眼睛蜷成一团蹲在火边，悄悄的从大袖筒里取出一片薯干，一枚红枣，塞到嘴里去咀嚼。有穿着肮脏身体瘦弱的孩子，手擦着眼睛傍着火旁的母亲打盹。屋主人有为退伍的老军人，有翻船背运的老水手，有单身寡妇，藉着火光灯光，可以看得出这屋中的大略情形，三堵木板壁上，一面必有个供养祖宗的神龛，神龛下空处或另一面，必贴了一些大小不一的红白名片。这些名片倘若有那些好事者加以注意，用小油灯照着，去仔细检查，便可以发现许多动人的名衔，军队上的连附，上士，一等兵，商号中的管事，当地的团总，保正，催租吏，以及照例姓滕的船主，洪江的木簰商人，与其他人物，无所不有。这是近十年来经过此地若干人中一小部分的题名录。这些人各用一种不同的生活，来到这个地方，且同样的来到这些屋子里，坐在火边或靠近床上，逗留过若干时间。这些人离开了此地后，在另一个世界里还是继续活下去，但除了同自己的生活圈子中人发生关系以外，与一同在这个世界上其他的人，却仿佛便毫无关系可言了。他们如今也许死掉了，水淹死的，枪打死的，被外妻用砒霜谋杀的，然而这些名片却依然将好好的保留下去。也许有些人已成了富人名人，成了当地的小军阀，这些名片却仍然写着催租人，上士等等的衔头。……除了这些名片，那屋子里是不是还有比它更引人注意的东西呢？锯子，小捞兜，香烟大画片，装干栗子的口袋……

提起这些问题时使人心中很激动。我到船头上去眺望了一阵。河面静静的，木筏上火光小了，船上的灯光已很少了，远近一切只能藉着水面微光看出个大略情形。另外一处的吊脚楼上，又有了妇人唱小曲的声音，灯光摇摇不定，且有猜拳声音。我估计那些灯光同声音所在处，不是木筏上的簰头在取乐，就是水手们小商人在喝酒。妇人手指上说不定还戴了从常德府为水手特别捎来的镀金戒指，一面唱曲一面把那只手理着鬓角，多动人的一幅画图！我认识他们的哀乐，这一切我也有分。看他们在那里把每个日子打发下去，也是眼泪也是笑，离我虽那么远，同时又与我那么相近。这正同读一篇描写西伯利亚方面的农人生活动人作品一样，使人掩卷引起无言的哀戚。我如今只用想象去领味这些人生活的表面姿态，却用过去一分经验，接触着了这种人的灵魂。

羊还固执的鸣着。远处不知什么地方有锣鼓声音，那是禳土酬神巫师的锣鼓。声音所在处必有火燎与九品蜡，照耀争辉，眩目火光下有头包红布的老巫独立作旋风舞，门上架上有黄钱，平地有装满了谷米的平斗。有新宰的猪羊伏在木架上，头上插着小小纸旗。有行将为巫师用口把头咬下的活生公鸡，缚了双脚与翼翅，在土坛边无可奈何的躺卧。主人锅灶边则热了猪血稀粥，灶中火光熊熊。

邻近一只大船上，水手门已静静的睡下了，只剩余一个人吸着烟，且时时刻刻把烟管敲着船舷。也像听着吊脚楼的声音，为那点声音所激动，忽然按捺自己不住了，只听到他轻轻的骂着野话，擦了支自来火，点上一段废缆，跳上岸往吊脚楼那里去了。他在岸上大石间走动时，火光便从船篷空处漏进我的船中。也是同样的情形吧，在一只装载棉军服向上行驶的船上，泊到同样的岸边，躺在成束成捆的军服上面，夜既太长，水手们爱玩牌的皆蹲坐在舱板上小油灯光下玩天九，睡既不成，便胡乱穿了两套棉军服，空手上岸，藉着石块间还未融尽残雪返照的微光，一直向高岸上有灯光处走去。到了街上，除了从人家门罅里露出的灯光成一条长线横卧着，此外一无所有。在计算中以为应可见到的小摊上成堆的花生，用哈德门长烟匣装着干瘪瘪的小橘子，切成小方块的片糖，以及在灯光下看守摊子把眉毛扯得极细的妇人（这些妇人无事可作时还会在灯光下做点针线的），如今什么也没有。既不敢冒昧闯进一个人家里面去，便只好又回转河边船上了。但上山时向灯光凝聚处走去，方向不会错误。下河时可弄糟了。糊糊涂涂在大石小石间走了许久，且大声喊着才走近自己所坐的一只船。上船时，两脚全是泥，刚攀上船舷还不及脱鞋落舱，就有人在棉被中大喊：“伙计哥子们，脱鞋呀！”把鞋脱了还不即睡，便镶到水手身旁去看牌，一直看到半夜，——十五年前自己的事，在这样地方温习起来，使人对于命运感到惊异。我懂得那个忽然独自跑上岸去的人，为什么上去的理由！

等了一会，邻船上那人还不回到他自己的船上来，我明白他所得的比我多了一些。我想听听他回来时，是不是也像别的船上人，有一个妇人在吊脚楼窗口喊叫他。许多人都陆续回到船上了，这人却没有下船。我记起“柏子”。但是，同样是水上人，一个那么快乐的赶到岸上去，一个却是那么寂寞的跟着别人后面走上岸去，到了那些地方，情形不会同柏子一样，也是很显然的事了。

为了我想听听那个人上船时那点推篷声音，我打算着，在一切声音皆已安静时，我仍然不能睡觉。我等待那点声音，大约到午夜十二点，水面上却起了另外一种声音。仿佛鼓声，也仿佛汽油船马达转动声，声音慢慢的近了，可是慢慢的又远了。这是一个有魔力的歌唱，单纯到不可比方，也便是那种固执的单调，以及单调的延长，使一个身临其境的人，想用一组文字去捕捉那点声音，以及捕捉在那长潭深夜一个人为那声音所迷惑时节的心情，实近于一种徒劳无功的努力。那点声音使我不得不再从那个业已用被单塞好空罅的舱门，到船头去搜索它的来源。河面一片红光，古怪声音也就从红光一面掠水而来。日里隐藏在大岩下的一些小渔船，原来在半夜前早已静悄悄的下了拦江网。到了半夜，把一个从船头伸出水面的铁篮，盛上燃着熊熊烈火的油柴，一面敲着船舷各处走去。身在水中见了火光而来与受了柝声惊走四窜的鱼类，便在这种情形中触了网，成为渔人的俘虏。

一切光，一切声音，到这时节已为黑夜所抚慰而安静了，只有水面上那一份红火与那一派声音。那种声音与光明，正为着水中的鱼与水面的渔人生存的搏战，已在这河面上存在了若干年，且将在接连而来的每个夜晚依然继续存在。我弄明白了，回到舱中以后，依然默听着那个单调的声音。我所看到的仿佛是一种原始人与自然战争的情景。那声音，那火光，皆近于原始人类的武器！

不知在什么时候开始落了很大的雪，听船上人嘟哝着，我心想，第二天我一定可以看到邻船上那个人上船时节，在岸边雪地上留下的那一行足迹。那寂寞的足迹，事实上我却不曾见到，因为第二天到我醒来时，小船已离开那个泊船处很远了。

（选自《湘行散记》，1936 年 3 月由商务印书馆初版）

沅陵的人

由常德到沅陵，一个旅行者在车上的感触，可以想象得到，第一是公路上并无苗人，第二是公路上很少听说发现土匪。

公路在山上与山谷中盘旋转折虽多，路面却修理得异常良好，不问晴雨都无妨车行。公路上的行车安全的设计，可看出负责者的最大努力。旅行的很容易忘了车行的危险，乐于赞叹自然风物的美秀。在自然景致中见出宋院画[1]的神采奕奕处，是太平铺过河时入目的光景。溪流萦回，水清而浅，在大石细沙间漱流。群峰竞秀，积翠凝蓝，在细雨中或阳光下看来，颜色真无可形容。山脚下一带树林，一些俨如有意为之布局恰到好处的小小房子，绕河洲树林边一湾溪水，一道长桥，一片烟。香草山花，随手可以掇拾。《楚辞》中的山鬼、云中君，仿佛如在眼前。上官庄的长山头时，一个山接一个山，转折频繁处，神经质的妇女与懦弱无能的男子，会不免觉得头目晕眩。一个常态的男子，便必然对于自然的雄伟表示赞叹，对于数年前裹粮负水来在这高山峻岭修路的壮丁，更表示敬仰和感谢。这是一群没灭无闻沉默不语真正的战士！每一寸路都是他们流汗作成的。他们有的从百里以外小乡村赶来，沉沉默默的在派定地方担土，打石头，三五十人躬着腰肩共同拉着个大石滚子碾压路面，淋雨，挨饿，忍受各式各样虐待，完成了分派到头上的工作。把路修好了，眼看许多许多的各色各样希奇古怪的物件吼着叫着走过了，这些可爱的乡下人，知道事情业已办完，笑笑的，各自又回转到那个想象不到的小乡村里过日子去了。中国几年来一点点建设基础，就是这种无名英雄作成的。他们什么都不知道，可是所完成的工作却十分伟大。

单从这条公路的坚实和危险工程看来，就可知道湘西的民众，是

① 宋院画：指宋代院体画，宋翰林图画院及其后宫廷画家的绘画。多以花鸟山水宗教为题材，讲究法度，风格华丽。

可以为国家完成任何伟大理想的。只要领导有人，交付他们更困难的工作，也可望办得很好。

看看沿路山坡桐茶树木那么多，桐茶山整理那么完美，我们且会明白这个地方的人民，即或无人领导，关于求生技术，各凭经验在不断努力中，也可望把地面征服，使生产增加。

只要在上的不过分苛索他们，鱼肉他们，这种勤俭耐劳的人民，就不至于铤而走险发生问题。可是若到任何一个停车处，试同附近乡民谈谈，我们就知道那个“过去”是种什么情形了。任何捐税，乡下人都有一分，保甲在糟蹋乡下人这方面的努力，成绩真极可观！然而促成他们努力的动机，却是照习惯把所得缴一半，留一半。然而负责的注意到这个问题时，就说“这是保甲的罪过”，从不认为是当政的耻辱。负责者既不知如何负责，因此使地方进步永远成为一种空洞的理想。

然而这一切都不妨说已经成为过去了。

车到了官庄交车处，一列等候过山的车辆，静静的停在那路旁空阔处，说明这公路行车秩序上的不苟。虽在军事状态中，军用车依然受公路规程辖制，不能占先通过，此来彼往，秩序井然。这条公路的修造与管理统由一个姓周的工程师负责。

车到了沅陵，引起我们注意处，是车站边挑的，抬的，负荷的，推挽的，全是女子。凡其他地方男子所能做的劳役，在这地方统由女子来作。公民劳动服务也还是这种女人。公路车站的修成，就有不少女子参加。工作既敏捷，又能干。女权运动者在中国二十年来的运动，到如今在社会上露面时，还是得用“夫人”名义来号召，并不以为可羞。而且大家都集中在大都市，过着一种腐败生活。比较起这种女劳动者把流汗和吃饭打成一片的情形，不由得我们不对这种人充满尊敬与同情。

这种人并不因为终日劳作就忘记自己是个妇女，女子爱美的天性依然还好好保存。胸口前的扣花装饰，袴脚边的扣花装饰，是劳动得闲在茶油灯光下做成的。（围裙扣花工作之精和设计之巧，外路人一见无有不交口称赞。）这种妇女日常工作虽不轻松，衣衫却整齐清洁。有的年纪已过了四十岁，还与同伴竞争兜揽生意。两角钱就为客人把行李背到河边渡船上，跟随过渡，到达彼岸，再为背到落脚处。外来人到河码头渡船边时，不免十分惊讶，好一片水！好一座小小山城！尤其是那一排渡船，船上的水手，一眼看去，几乎又全是女子。过了河，进得城门，向长街走走，就可见到卖菜的，卖米的，开铺子的，做银匠的，无一不是女子。再没有另一个地方女子对于参加各种事业，各种生活，做得那么普遍，那么自然了。看到这种情形时，真不免令人发生疑问：一切事儿几乎都由女子来办，如《镜花缘》一书上的女儿国现象了。本地方的男子，是出去打仗，还是在家纳福看孩子？

不过一个旅行者自觉已经来到辰州时，兴味或不在这些平常问题上。辰州地方是以辰州符驰名的，辰州符的传说奇迹中又以赶尸著闻。公路在沅水南岸，过北岸城里去，自然盼望有机会弄明白一下这种老玩意儿。

可是旅行者这点好奇心会受打击，多数当地人对于辰州符都莫名其妙，且毫无兴趣，也不怎么相信。或许无意中会碰着一个“大”人物，体魄大，声音大，气派也好像很大。他不是姓张，就是姓李，（他应当姓李！）会告你辰州符的灵迹，就是用刀把一只鸡颈脖扎断，把它重新接上，噀一口符水，向地下抛去，这只鸡即刻就会跑去，撒一把米到地上，这只鸡还居然赶回来吃米！你问他：“这事曾亲眼见过吗？”他一定说：“当真是眼见的事。”或许慢慢的想一想，你便也会觉得同样是在什么地方亲眼见过这件事了。原来五十年前的什么书上，就这么说过的。这个大人物是当地著名会说大话的。世界上事什么都好像知道得清清楚楚，只不大知道自己说话是假的还是真的？是书上有的，还是自己造作的？多数本地人对于“辰州符”是个什么东西，照例都不大明白的。

对于赶尸传说呢？说来实在动人。凡受了点新教育，血里骨里还浸透原人迷信的新绅士，想满足自己的荒唐幻想，到这个地方来时，总有机会温习一下这种传说。绅士，学生，旅馆中人，俨然因为生在当地，便负了一种不可避免的义务，又如为一种天赋幽默同情心所激发，总要把它的神奇处重述一番。或说朋友亲戚曾亲眼见过这种事情，或说曾有谁被赶回来。其实他依然和客人一样，并不明白，也不相信，客人不提起，他是从不注意这个问题的。客人想“研究”它（我们想得出有许多人是乐于研究它的），最好还是看《奇门遁甲》，这部书或者对他有一点帮助，本地人可不会给他多少帮助。本地人虽乐于答复这一类傻不可言的问题，却不能说明这事情的真实性。就中有个“有道之士”，姓阙，当地人通称之为阙五老，年纪将近六十岁，谈天时精神犹如一个小孩子。据说十五岁时就远走云贵，跟名师学习过这门法术。作法时口诀并不希奇，不过是念文天祥的《正气歌》罢了。死人能走动便受这种歌词的影响。辰州符主要的工具是一碗水；这个有道之士家中神主前便陈列了那么一碗水，据说已经有了三十五年，碗里水减少时就加添一点。一切病痛统由这一碗水解决。一个死尸的行动，也得用水迎面的噀，这水且能由浑浊与沸腾表示预兆，有人需要帮忙或家事吉凶的预兆。登门造访者若是一个读书人，一个教授，他把这一碗水的妙用形容得将更惊心动魄。使他舌底翻莲的原因，或者是他自己十分寂寞，或者是对于客人具有天赋同情，所以常常把书上没有的也说到了。客人要老老实实发问：“五老，那你看过这种事了？”他必装作很认真神气说：“当然的。我还亲自赶过！那是我一个亲戚，在云南做官，死在任上，赶回湖南，每天为死者换新草鞋三双。到得湖南时，死人脚趾头全走脱了。只是功夫不练就不灵，早丢下了。”至于为什么把它丢下，可不说明。客人目的在表演，主人用意在故神其说，末后自然不免使客人失望。不过知道了这玩意儿是读《正气歌》作口诀，同儒家居然有关系时，也不无所得。关于赶尸的传说，这位有道之士可谓集其大成，所以值得找方便去拜访一次，他的住处在上西关，一问即可知道。可是一个读书人也许从那有道之士服尔泰[①]风格的微笑，服尔泰风格的言谈，会看出另外一种无声音的调笑，“你外来的书呆子，世界上事你知道许多，可是书本不说，另外还有许多就不知道了。用《正气歌》赶走了死尸，你充满好奇的关心，你这个活人，是被什么邪气歌赶到我这里来？”那时他也许正坐在他的杂货铺里面（他是隐于医与商的），忽然用手指着街上一个长头发的男子说：“看，疯子！”那真是个疯子，沅陵地方唯一的疯子。可是他的语气也许指的是你拜访者。你自己试想想看，为了一种流行多年的荒唐传说，充满了好奇心来拜访一个透熟人生的人，问他死了的人用什么方法赶上路，你用意说不定还想拜老师，学来好去外国赚钱出名，至少也弄得哲学博士回国，在他饱经世故的眼中，你和疯子的行径有多少不同！

这个人的言谈，倒真是一种杰作，三十年来当地的历史，在他记忆中保存得完完全全，说来时庄谐杂陈，实在值得一听。尤其是对于当地人事所下批评，尖锐透人，令人不由得不想起法国那个服尔泰。

至于辰砂的出处，出产地离辰州地还远得很，远在凤凰县的苗乡猴子坪。

凡到过沅陵的人，在好奇心失望后，依然可从自然风物的秀美上得到补偿。由沅陵南岸看北岸山城，房屋接瓦连椽，较高处露出雉堞，沿山围绕；丛树点缀其间，风光入眼，实不俗气。由北岸向南望，则河边小山间，竹园，树木，庙宇，居民，仿佛各个都位置在最适当处。山后较远处群峰罗列，如屏如障，烟云变幻，颜色积翠堆蓝。早晚相对，令人想象其中必有帝子天神，驾螭乘蜺，驰骤其间。绕城长河，每年三四月春水发后，洪江油船颜色鲜明，在摇橹歌呼中连翩下驶。长方形大木筏，数十精壮汉子，各据筏上一角，举桡激水，乘流而下。就中最令人感动处，是小船半渡，游目四瞩，俨然四围是山，山外重山，一切如画。水深流速，弄船女子，腰腿劲健，胆大心平，危立船头，视若无

① 服尔泰：通译伏尔泰。法国启蒙思想家、文学家、哲学家。

事。同一渡船，大多数都是妇人，划船的是妇女，过渡的也妇女较多，有些卖柴卖炭的，来回跑五六十里路，上城卖一担柴，换两斤盐，或带回一点红绿纸张同竹篾作成的简陋船只，小小香烛。问她时，就会笑笑的回答：“拿回家去做土地会。”你或许不明白土地会的意义，事实上就是酬谢《楚辞》中提到的那种云中君——山鬼。这些女子一看都那么和善，那么朴素，年纪四十以下的，无一不在胸前土蓝布或葱绿布围裙上绣上一片花，且差不多每个人都是别出心裁，把它处置得十分美观，不拘写实或抽象的花朵，总那么妥帖而雅相。在轻烟细雨里，一个外来人眼见到这种情形，必不免在赞美中轻轻叹息，天时常常是那么把山和水和人都笼罩在一种似雨似雾使人微感凄凉的情调里，然而却无处不可以见出“生命”在这个地方有光辉的那一面。

外来客自然会有个疑问发生：这地方一切事业女人都有份，而且像只有“两截穿衣”的女子有份，男子到哪里去了呢?

在长街上我们固然时常可以见到一对少年夫妻，女的眉毛俊秀，鼻准完美，穿浅蓝布衣，用手指粗银链系扣花围裙，背小竹笼。男的身长而瘦，英武爽朗，肩上扛了各种野兽皮向商人兜卖。令人一见十分感动。可是这种男子是特殊的。

男子大部分都当兵去了。因兵役法的缺憾，和执行兵役法的中间层保甲制度人选不完善，逃避兵役的也多，这些壮丁抛下他的耕牛，向山中走，就去当匪。匪多的原因，外来官吏苛索实为主因。乡下人照例都愿意好好活下去，官吏的老式方法居多是不让他们那么好好活下去。乡下人照例一入兵营就成为一个好战士，可是办兵役的却觉得如果人人都乐于应兵役，就毫无利益可图。土匪多时，当局另外派大部队伍来“维持治安”，守在几个城区，别的不再过问。土匪得了相当武器后，在报复情绪下就是对公务员特别不客气，凡搜刮过多的外来人，一落到他们手里时，必然是先将所有的得到，再来取那个“命”。许多人对于湘西民或匪都留下一个特别蛮悍嗜杀的印象，就由这种教训而来。许多人说湘西有匪，许多人在湘西虽遇匪，却从不曾遭遇过一次抢劫，就是这个原因。

一个旅行者若想起公路就是这种蛮悍不驯的山民或土匪，在烈日和风雪中努力作成的，乘了新式公共汽车由这条公路经过，既感觉公路工程的伟大结实，到得沅陵时，更随处可见妇人如何认真称职，用劳力讨生活，而对于自然所给的印象，又如此秀美，不免感慨系之。这地方神秘处原来在此而不在彼。人民如此可用，景物如此美好，三十年来牧民者来来去去，新陈代谢，不知多少，除认为"蛮悍"外，竟别无发现。外来为官作宦的，回籍时至多也只有把当地久已消灭无余的各种画符捉鬼荒唐不经的传说，在茶余酒后向陌生者一谈。地方真正好处不会欣赏，坏处不能明白。这岂不是湘西的另外一种神秘?

沅陵算是个湘西受外来影响较久较大的地方，城区教会的势力，造成一批吃教饭的人物，蛮悍性情因之消失无余，代替而来的或许是一点青年会办事人的习气。沅陵又是沅水几个支流货物转口处，商人势力较大，以利为归的习惯，也自然很影响到一些人的打算行为。沅陵位置在沅水流域中部，就地形言，自为内战时代必争之地，因此麻阳县的水手，一部分登陆以后，便成为当地有势力的小贩，凤凰县屯垦子弟兵官佐，留下住家的，便成为当地有产业的客居者。慷慨好义，负气任侠，楚人中这类古典的热诚，若从当地人寻觅无着时，还可从这两个地方的男子中发现。一个外来人，在那山城中石板作成的一道长街上，会为一个矮小，瘦弱，眼睛又不明，听觉又不聪，走路时匆匆忙忙，说话时结结巴巴，那么一个平常人引起好奇心。说不定他那时正在大街头为人排难解纷，说不定他的行为正需要旁人排难解纷！他那样子就古怪，神气也古怪。一切像个乡下人，像个官能为嗜好与毒物所毁坏，心灵又十分平凡的人。可是应当找机会去同他熟一点，谈谈天。应当想办法更熟一点，跟他向家里走。（他的家在一个山上。那房子是沅陵住房地位最好，花木最多的。）如此一来，结果你会接触一点很新奇的东西，一种混合古典热诚与近代理性在一个特殊环境特殊生活里培养成的心灵。你自然会“同情”他，可是最好倒是“赞美”他。他需要的不是同情，因为他成天在同情他人，为他人设想帮忙尽义务，来不及接收他人的同情。他需要人“赞美”，因为他那种古典的作人的态度，值得赞美。同时他的性情充满了一种天真的爱好，他需要信托，为的是他值得信托。他的视觉同听觉都毁坏了，心和脑可极健全。凤凰屯垦兵子弟中出壮士，体力胆气两方面都不弱于人。这个矮小瘦弱的人物，虽出身世代武人的家庭中，因无力量征服他人，失去了作军人的资格。可是那点有遗传性的军人气概，却征服了他自己，统制自己，改造自己，成为沅陵县一个顶可爱的人。他的名字叫做“大老爷”，或“大大”，一个古怪到家的称呼。商人，妓女，屠户，教会中的牧师和医生，都这样称呼他。到沅陵去的人，应当认识认识这位大老爷。

沅陵县沿河下游四里路远近，河中心有个洲岛，周围高三四合，名“合掌洲”，名目与情景相称。洲上有座庙宇，名“和尚洲”，也还说得去。但本地的传说，却以为是“和涨洲”，因为水涨河面宽，淹不着，为的是洲随河水起落！合掌洲有个白塔，由顶到根雷劈了一小片，本地人以为奇，并不足奇。河北岸村名黄草尾，人家多在橘柚林里，橘子树白华朱实，宜有小腰白齿出于其间。一个种菜园的周家，生了四个女儿，最小的一个四妹，人都呼为夭妹，年纪十七岁，许了个成衣店学徒，尚未圆亲。成衣店学徒积蓄了整年工钱，打了一副金耳环给夭妹，女孩子就戴了这副金耳环，每天挑菜进东门城卖菜，因为性格好繁华，人长得风流波俏，一个东门大街的人都知道卖菜的周家夭妹。

因此县里的机关中办事员，保安司令部的小军佐，和商店中小开，下黄草尾玩耍的就多起来了。但不成，肥水不落外人田，有了主子。可是“人怕出名猪怕壮”，夭夭的名声传出去了，水上划船人全都知道周家夭夭。去年（二十六年）冬天一个夜里，忽然来了四百武装喽啰攻打沅陵县城，在城边响了一夜枪，到天明以前，无从进城，这一伙人依然退走了。这些人本来目的也许就只是在城外打一夜枪。其中一个带队的称团长，却带了兄弟伙到夭妹家里去拍门。进屋后别的不要，只把这女孩子带走。

女孩子虽又惊又怕，还是从容的说：“你抢我，把我箱子也抢去，我才有衣服换！”

带到山里去时那团长问：“夭夭，你要死，要活？”

女孩子想了想，轻声的说：“要死，你不会让我死。”

团长笑了：“那你意思是要活了！要活就嫁我，跟我走。我把你当官太太，为你杀猪杀羊请客，我不负你。”

女孩子看看团长，人物实在英俊标致，比成衣店学徒强多了，就说：“人到什么地方都是吃饭。我跟你走。”

于是当天就杀了两个猪，十二只羊，一百对鸡鸭，大吃大喝大热闹，团长和夭妹结婚。女孩子问她的衣箱在什么地方，待把衣箱取来打开一看，原来全是预备陪嫁的！英雄美人，可谓美满姻缘。过三天后，那团长就派人送信给黄草尾种菜的周老夫妇，称岳父岳母，报告夭妹安好，不用挂念。信还是用红帖子写的，词句华而典，师爷的手笔。还同时送来一批礼物！老夫妇无话可说，只苦了成衣店那个学徒，坐在东门大街一家铺子里，一面裁布条子做纽绊，一面垂泪。

这也可说是沅陵县人物之一型。

至于住城中的几个年高有德的老绅士，那倒正像湘西许多县城里的正经绅士一样，在当地是很闻名的，庙宇里照例有这种名人写的屏条，名胜地方照例有他们题的诗词。儿女多受过良好教育，在外做事。家中种植花木，蓄养金鱼和雀鸟，门庭规矩也很好。与地方关系，却多如显克微支在他《炭画》那本书里所说的贵族，凡事取“不干涉主义。”因为名气大，许多不相干的捐款，不相干的公事，不相干的麻烦，不会上门。乐得在家纳福，不求闻达，所以也不用有什么表现。对于生活劳苦认真，既不如车站边负重妇女，生命活跃，也不如卖菜的周家夭妹，然而日子还是过得很好，这就够了。

由沅水下行百十里到沅陵属边境地名柳林岔，——就是湘西出产金子，风景又极美丽的柳林岔。那地方过去一时也有个人，很有意思。这个人据说母亲貌美而守寡，住在柳林岔镇上。对河高山上有个庙，庙中住下一个青年和尚，诚心苦修。寡妇因爱慕和尚，每天必借烧香为名去看看和尚，二十年如一日。和尚诚心修苦，不作理会，也同样二十年如一日。儿子长大后，慢慢的知道了这件事。儿子知道后，不敢规劝母亲，也不能责怪和尚，唯恐母亲年老眼花，一不小心，就会堕入深水中淹死。又见庙宇在一个圆形峰顶，攀援实在不容易。因此特意雇定一百石工，在临河悬岩上开辟一条小路，仅可容足，更找一百铁工，制就一条粗而长的铁链索，固定在上面，作为援手工具。又在两山间造一拱石头桥，上山顶庙里时就可省一大半路。这些工作进行时自己还参加，直到完成。各事完成以后，这男子就出远门走了，一去再也不回来了。

这座庙，这个桥，濒河的黛色悬崖上这条人工凿就的古怪道路，路旁的粗大铁链，都好好的保存在那里，可以为过路人见到。凡上行船的纤手，还必需从这条路把船拉上滩。船上人都知道这个故事。故事虽还有另一种说法，以为一切都是寡妇所修的，为的是这寡妇……总之，这是一个平常人为满足他的某种愿心而完成的伟大工程。这个人早已死了，却活在所有水上人的记忆里。传说和当地景色极和谐，美丽而微带忧郁。

沅水由沅陵下行三十里后即滩水连接，白溶、九溪、横石、青浪，……就中以青浪滩最长，石头最多，水流最猛。顺流而下时，四十里水路不过二十分钟可完事，上行船有时得一整天。

青浪滩滩脚有个大庙，名伏波宫，敬奉的是汉老将马援。行船人到此必在庙里烧纸献牲。庙宇无特点，不出奇。庙中屋角树梢栖息的红嘴红脚小小乌鸦，成千累万，遇下行船必飞往接船送船，船上人把饭食糕饼向空中抛去，这些小黑鸟就在空中接着，把它吃了。上行船可照例不光顾。虽上下船只极多，这小东西知道向什么船可发利市，什么船不打抽丰。船夫传说这是马援的神兵，为迎接船只的神兵，照老规矩，凡伤害的必赔一大小相等银乌鸦，因此从不会有人敢伤害它。

几件事都是人的事情。与人生活不可分，却又杂糅神性和魔性。湘西的传说与神话，无不古艳动人。同这样差不多的还很多。湘西的神秘，和民族性的特殊大有关系。历史上楚人的幻想情绪，必然孕育在这种环境中，方能滋长成为动人的诗歌。想保存它，同样需要这种环境。

（选自《湘西》，1939 年 8 月由商务印书馆初版）

老伴

我平日想到泸溪县时，回忆中就浸透了摇船人催橹歌声，且为印象中一点儿小雨，仿佛把心也弄湿了。这地方在我生活史中占了一个位置，提起来真使我又痛苦又快乐。

泸溪县城界于辰州与浦市两地中间，上距浦市六十里，下达辰州也恰好六十里。四面是山，河水在山峡中流去。县城位置在洞河与沅水汇流处，小河泊船贴近城边，大河泊船去城约三分之一里。（洞河通称小河，沅水通称大河。）洞河来源远在苗乡，河口长年停泊了五十只左右小小黑色洞河船。弄船者有短小精悍的花帕苗，头包花帕，腰围裙子。有白面秀气的所里[①]人，说话时温文尔雅，一张口又善于唱歌。洞河既水急山高，河身转折极多，上行船到此已不适宜于借风使帆。凡入洞河的船只，到了此地，便把风帆约成一束，作上个特别记号，寄存于城中店铺里去，等待载货下行时，再来取用。由辰州开行的沅水商船，六十里为一大站，停靠泸溪为必然的事。浦市下行船若预定当天赶不到辰州，也多在此过夜。然而上下两个大码头把生意全已抢去，每天虽有若干船只到此停泊，小城中商业却清淡异常。沿大河一方面，一个稍稍像样的青石码头也没有。船只停靠皆得在泥滩头与泥堤下，落了小雨，不知要滑倒多少人！

十七年前的七月里，我带了“投笔从戎”的味儿，在一个“龙头大哥”而兼保安司令的领导下，随同八百乡亲，乘了抓封得到的三十来只大小船舶，浮江而下，来到了这个地方。靠岸停泊时正当傍晚，紫绛山头为落日镀上一层金色，乳色薄雾在河面流动。船只拢岸时摇船人皆促橹长

① 所里：今吉首，旧时属乾城县。

歌，那歌声揉合了庄严与瑰丽，在当前景象中，真是一曲不可形容的音乐。

第二天，大队船只全向下游开拔去了，抛下了三只小船不曾移动。两只小船装的是旧棉军服，另一只小船，却装了十三名补充兵，全船中人年龄最大的一个十九岁，极小的一个十三岁。

十三个人在船上实在太挤了点。船既不开动，天气又正热，挤在船上也会中暑发瘟。因此许多人白日尽光身泡在长河清流中，到了夜里，便爬上泥堤去睡觉。一群小子身上皆空无所有，只从城边船户人家讨来一大束稻草，各自扎了一个草枕，在泥堤上仰面躺了五个夜晚。

这件事对于我个人不是一个坏经验。躺在尚有些微余热的泥土上，身贴大地，仰面向天，看尾部闪放宝蓝色光辉的萤火虫匆匆促促飞过头顶。沿河是细碎人语声，蒲扇拍打声，与烟杆儿剥剥的敲着船舷声。半夜后天空有流星曳了长长的光明下坠，滩声长流，如对历史有所埋怨。这一种夜景，实在为我终身不能忘掉的夜景！

到后落雨了，各人竞上了小船。白日太长，无法排遣，各自赤了双脚，冒着小雨，从烂泥里走进县城街上去。大街头江西人经营的布铺，铺柜中坐了白发皤然老妇人，庄严沉默如一尊古佛。大老板无事可作，只腆着肚皮，叉着两手，把脚拉开成为八字，站在门限边对街上檐溜出神。窄巷里石板砌成的行人道上，小孩子扛了大而朴质的雨伞，响着寂寞的钉鞋声。待到回船时，各人身上业已湿透，就各自把衣服从身上脱下，站在船头相互帮忙拧去雨水。天夜了，便满船是呛人的油气与柴烟。

在十三个伙伴中我有两个极要好的朋友：其中一个是我的同宗兄弟，年纪顶大，与那个在常德府开旅馆头戴水獭皮帽子的朋友，原本同在一个衙门里服务当差，终日栽花养鱼，忽然对职务厌烦起来，把管他的头目打了一顿，自己也被打了一顿，因此就与我们作了同伴。其次是那个年纪顶轻的，名子就叫“傩右”。一个成衣人的独生子，为人伶俐勇敢，希有少见。家中虽盼望他能承继先人之业，他却梦想作个上尉副官，头戴金边帽子，斜斜佩上红色值星带，以为十分写意。因此同家中吵闹了一次，负气出了门。这小孩子年纪虽小，心可不小！同我们到县城街上转了三次，就看中了一个绒线铺的女孩子，问我借钱向那女孩子买了三次白棉线草鞋带子。他虽买了不少带子，那时节其实连一双多余的草鞋就没有，把带子买得同我们回转船上时，他且说：“将来若作了副官，当天赌咒，一定要回来讨那女孩子做媳妇。”那女孩子名叫“翠翠”，我写《边城》故事时，弄渡船的外孙女，明慧温柔的品性，就从那绒线铺小女孩脱胎而来。我们各人对于这女孩子，印象似乎都极好，不过当时却只有他一个人，特别勇敢天真些，好意思把那一点胡涂希望说出口来。

日子过去了三年，我那十三个同伴，有三个人由驻防地的辰州请假回家去，走到泸溪县境驿路上，出了意外的事情，各被土匪砍了二十余刀，流一滩血倒在大路旁死掉了。死去的三人中，有一个就是我那同宗兄弟。我因此得到了暂时还家的机会。

那时节军队正预备从鄂西开过四川去就食，部队中好些年轻人皆被遣送回籍。那司令官意思就在让各人的父母负点儿责：以为一切是命的，不妨打发小孩子再归营报到，担心小孩子生死的，自然就不必再来了。

我于是与那个伙伴并其他一些年轻人，一同挤在一只小船中，还了家乡。小船上行到泸溪县停泊时，虽已黑夜，两人还进城去拍打那人家的店门，从那个“翠翠”手中买了一次白带子。

到家不久，这小子大约不忘却作副官的好处，借故说假期已满，同成衣人爸爸又大吵了一架，偷了些钱，独自走下辰州了。我因家中无事可作，不辞危险也坐船下了辰州。我到得辰州时，方知道本军部队四千人，业已于四天前全部开拔过四川，所有伙伴也完全走尽了。我们已不能过四川，成为留守部人员了。留守部只剩下一个军需官，一个老年副官长，一个跛脚副官，以及两班老弱兵士。傩右被派作勤务兵，我的职务为司书生，两人皆在留守部继续供职。两人既受那个副官长管辖，老军官见我们终日坐在衙门里梧桐树下唱山歌，以为我们应找点事做做，就派遣两人到城外荷塘里去为他钓蛤蟆。两人一面钓蛤蟆一面谈天，我方知道他下行时居然又到那绒线铺买了一次带子。我们把蛤蟆从水荡中钓来，用麻线捆着那东西小脚，成串提转衙门时，老军官把一半薰了下酒，剩下一半还托同乡捎回家中去给太太吃。我们这种工作一直延长到秋天，方换了另外一种。

过了一年，有一天，川边来了个电报：部队集中驻扎在一个小县城里，正预备拉夫派捐回湘，忽然当地切齿发狂的平民，发生了民变，各自拿了菜刀，镰刀，撇麻刀，来同军队作战。四千军队在措手不及情形中，一早上放翻了三千左右。部中除司令官同一个副官侥幸脱逃外，其余所有高级官佐职员全被民兵砍倒了。（**事后闻平民死去约七千，半年内小城中随处还可发现白骨。**）这通电报在我命运上有了个转机，过不久，我就领了遣散费，离开辰州，走到出产香草香花的芷江县，每天拿了紫色木戳，过各处屠桌边验猪羊税去了。所有八个伙伴皆已在川边死去，至于那个同买带子同钓蛤蟆朋友呢，消息当然从此也就断绝了。

整整过去十七年后，我的小船又在落日黄昏中，到了这个地方停靠下来。冬天水落了些，河水去堤岸已显得很远，裸露出一大片干枯泥滩。长堤上有枯苇刷刷作响，阴背地方还可看到些白色残雪。

石头城恰当日落一方，雉堞与城楼皆为夕阳落处的黄天，衬出明明朗朗的轮廓。每一个山头仍然镀上了金，满河是橹歌浮动，（就是那使我灵魂轻举永远赞美不尽的歌声！）我站在船头，思索到一件旧事，追忆及几个旧人。黄昏来临，开始占领了这个空间。远近船只全只剩下一些模糊轮廓，长堤上有一堆一堆人影子移动，邻近船上炒菜落锅声音与小孩哭声杂然并陈。忽然间，城门边响了一声小锣，铛……

一双发光乌黑的眼珠，一条直直的鼻子，一张小口，从那一槌小锣响声中重现出来。我忘了这分长长岁月在人事上所生的变化，恰同小说书本上角色一样，怀了不可形容的童心，上了堤岸进了城。城中接瓦连椽的小小房子，以及住在这小房子里的人民，我似乎与他们皆十分相熟。时间虽已过了十七年，我还能认识城中的道路，辨别城中的气味。

我居然没有错误，不久就走到了那绒线铺门前了。恰好有个船上人来买棉线，当他推门进去时，我紧跟着进了那个铺子。有这样希奇的事情吗？我见到的不正是那个“翠翠”吗？我真惊讶得说不出话来。十七年前那小女孩就成天站在铺柜里一堵棉纱边，两手反复交换动作挽她的棉线，目前我所见到的，还是那么一个样子。难道我如浮士德一样，当真回到了那个“过去”了吗？我认识那眼睛，鼻子，和薄薄小嘴。我毫不含糊，敢肯定现在的这一个就是当年的那一个。

“要什么呀？”就是那声音，也似乎与我极其熟习。

我指定悬在钩上一束白色东西：“我要那个！”

如今真轮到我这老军务来购买系草鞋的白棉纱带子了！当那女孩子站在一个小凳子上，去为我取钩上货物时，铺柜里火盆中有沸水声音，某一处有人吸烟声音。女孩子辫发上缠得是一绺白绒线，我心想：“死了爸爸还是死了妈妈？”火盆边茶水沸了起来，一堆棉纱后面有个男子哑声说话：

“小翠，小翠，水开了，你怎么的？”女孩子虽已即刻跳下凳子，把水罐挪开，那男子却仍然走出来了。

真没有再使我惊讶的事了，在黄晕晕的灯光下，我原来又见到了那成衣人的独生子！这人简直可说是一个老人，很显然的，时间同鸦片烟已毁了他。但不管时间同鸦片烟在这男子脸上刻下了什么记号，我还是一眼就认定这人便是那一再来到这铺子里购买带子的傩右。从他那点神气看来，却决猜不出面前的主顾，正是同他钓蛤蟆的老伴。这人虽作不成副官，另一胡涂希望可被他达到了。我憬然觉悟他与这一家人的关系，且明白那个似乎永远年青的女孩子是谁的儿女了。我被“时间”意识猛烈的掴了一巴掌，摩摩我的面颊，一句话不说，静静的站在那儿看两父女度量带子，验看点数我给他的钱。完事时我想多停顿一会，又买了点白糖，他们虽不卖白糖，老伴却出门为我向别一铺子把糖买来。他们那分安于现状的神气，使我觉得若用我身分惊动了他，就真是我的罪过。

我拿了那个小小包儿出城时，天已断黑，在泥堤上乱走。天上有一粒极大星子，闪耀着柔和悦目的光明。我瞅定这一粒星子，目不旁瞬。

“这星光从空间到地球据说就得三千年，阅历多些，它那么镇静有它的道理。我能那么镇静吗？……”

我心中似乎极其骚动，我想我的骚动是不合理的。我的脚正踏到十七年前所躺卧的泥堤上，一颗心跳跃着，勉强按捺也不能约束自己。可是，过去的，有谁能拦住不让它过去，又有谁能制止不许它再来？时间使我的心在各种变动人事上感受了点分量不同的压力，我得沉默，得忍受。再过十七年，安知道我不再到这小城中来？

为了这再来的春天，我有点忧郁，有点寂寞。黑暗河面起了快乐的橹歌。河中心一只商船正想靠码头停泊，歌声在黑暗中流动，从歌声里

我俨然彻悟了什么。我明白“我不应当翻阅历史，温习历史。”在历史前面，谁人能够不感惆怅?

但我这次回来为的是什么?自己询问自己，我笑了。我还愿意再活十七年，重来看看我能看到的一切。

（选自《湘行散记》，1936 年 3 月由商务印书馆初版）

虎雏再遇记

四年前我在上海时，曾经做过一次荒唐的打算，想把一个年龄只十四岁，生长在边陬僻壤，小豹子一般的乡下人，用最文明的方法试来造就他。虽事在当日，就经那小子的上司预言，以为我一切设计将等于白费。我却仍然不可动摇的按照计划作去。我把那小子放在身边，勒迫他读书，改造他的身体改造他的心，希望他在我教育下将来成个伟人。谁知不到一个月，就出了意外事情，那理想中的伟人生事打坏了一个人，从此便失踪了。一切水得归到海里，小豹子也只宜于深山大泽方能发展他的生命。我明白闹出了乱子以后，他必有他的生路。对于这个人此后的消息，老实说，数年来我就不大再关心了。但每当我想及自己所作那件傻事时，总不免为自己的傻处发笑。

这次湘行到达辰州地方后，我第一个见到的就是那只小豹子。除了手脚身个子长大了一些，眉眼还是那么有精神，有野性。见他时，我真是又惊又喜。当他把我从一间放满了兰草与茉莉的花房里引过，走进我哥哥住的一间大房里去，安置我在火盆边大梼木椅上坐下时，我一开口就说：

“××，××，你还活在这儿，我以为你在上海早被人打死了！”

他有点害羞似的微笑了，一面倒茶一面却轻轻的说：

“打不死，日晒雨淋吃小米包谷长大的人，不轻易打死啊！”

我说：“我早知道你打不死，而且你还打死了人。我一切知道。（说到这里时，我装成一切清清楚楚的神气。）你逃了，我明白你是什么诡计。你为的是不愿意跟在我身边好好读书，只想落草为王，故意生事逃走。可是你害得我们多难受！那教你算学的长胡子先生，自从你失踪后，他在上海各处托人打听你，奔跑了三天，为你差点儿不累倒！”

“那山羊胡子先生找我吗？”

“什么，‘山羊胡子先生！’”这字眼儿真用得不雅相，不斯文。被他那么一说，我预备要说的话也接不下去了。

可是我看看他那双大手以及右手腕上那个夹金表，就明白我如今正是同一个大兵说话，并不是同四年前那个“虎雏”说话了。我错了。得纠正自己，于是我模仿粗暴笑了一下，且学作军官们气魄向他说：

“我问你，你为什么打死了人，怎么又逃了回来？不许瞒我一个字，全为我好好说出来！”

他仍然很害羞似的微笑着，告给我那件事情的一切经过。旧事重提，显然在他这种人并不什么习惯，因此不多久，他就把话改到目前一切来了。他告我上一个月在铜仁方面的战事，本军死了多少人。且告我乡下种种情形，家中种种情形。谈了大约一点钟，我那哥哥穿了他新作的宝蓝缎面银狐长袍，夹了一大卷京沪报纸，口中嘘嘘吹着奇异调门，从军官朋友家里谈论政治回来了，我们的谈话方始中断。

到我生长那个石头城苗乡里去，我的路程尚应当有四个日子，两天坐原来那只小船，两天还得坐了小而简陋的山轿，走一段长长的山路。在船上虽一切陌生，我还可以用点钱使划船人同我亲热起来。而且各个码头吊脚楼的风味，永远又使我感觉十分新鲜。至于这样严冬腊月，坐两整天的轿子，路上过关越卡，且得经过几处出过杀人流血案子的地方，第一个晚上，又必需在一个最坏的站头上歇脚，若没个熟人，可真有点儿麻烦了。吃晚饭时，我向我那个哥哥提议，借这个副爷送我一趟。因此第二天上路时，这小豹子就同我一起上了路。临行时哥哥别的不说，只嘱咐他“不许同人打架”。看那样子，就可知道“打架”还是这个年轻人唯一的行业。

在船上我得了同他对面谈话的方便，方知道他原来八岁里就用石头从高处砸坏了一个比他大过五岁的敌人，上海那件事发生时，在他面前倒下的，算算已是第三个了。近四年来因为跟随我那上校弟弟驻防溆浦，派归特务队服务，于是在正当决斗情形中，倒在他面前的敌人数目比从前又增加了一倍。他年纪到如今只十八岁，就亲手放翻了六个敌人，而且照他说来，敌人全超过了他一大把年龄。好一个漂亮战士！这小子大致因为还有点怕我，所以在我面前还装得怪斯文，一句野话不说，一点蛮气不露，单从那样子看来，我就不很相信他能同什么人动手，而且一动手必占上风。

船上他一切在行，篙桨皆能使用，做事时伶便敏捷，似乎比那个小水手还得力。船搁了浅，弄船人无法可想，各跳入急水中去扛船时，他也就把上下衣服脱得光光的，跳到水中去帮忙。（我得提一句，这是十二月！）

照风气，一个体面军官的随从，应有下列几样东西：一个奇异牌的手电灯，一枚金手表，一枝匣子炮。且同上司一样，身上军服必异常整齐。手电灯用来照路，内地真少不了它。金手表则当军官发问："护兵，什么时候了？"就举起手腕一看来回答。至于匣子炮，用处自然更多了。我那弟弟原是一个射击选手，每天出野外去，随时皆有目标拍的来那么一下。有时自己不动手，必命令勤务兵试试看。（他们每次出门至少得耗去半夹子弹。）但这小豹子既跟在我身边，带枪上路除了惹祸可以说毫无用处。我既不必防人刺杀，同时也无意打人一枪，故临行时我不让他佩枪，且要他把军服换上一套爱国呢中山服。解除了武装，看样子，他已完全不像个军人，只近于一个好弄喜事的中学生了。

我不曾经提到过，我这次回来，原是翻阅一本用人事组成的历史吗？当他跳下水去扛船时，我记起四年前他在上海与我同住的情形。当时我曾假想他过四年后能入大学一年级。现在呢，这个人却正同船上水手一样，为了帮水手忙扛船不动，又湿淋淋的攀着船舷爬上了船，捏定篙子向急水中乱打，且笑嘻嘻的大声喊嚷。我在船舱里静静的望着他，我心想：幸好我那荒唐打算有了岔儿，既不曾把他的身体用学校固定，也不曾把他的性灵用书本固定。这人一定要这样发展才像个人！他目前一切，比起住在城里大学校的大学生，开运动会时在场子中呐喊吆喝两声，饭后打打球，开学日集合好事同学通力合作折磨折磨新学生，派头可来得大多了。

等到船已挪动水手皆上了船时，我喊他：

“××，××，唉唉，你不冷吗？快穿起你的衣来！”

他一面舞动手中那枝篙子，一面却说：

“冷呀，我们在辰州前些日子还邀人泅过大河！”

到应吃午饭时，水手无空闲，船上烧水煮饭的事皆完全由他作。

把饭吃过后，想起临行时哥哥嘱咐他的话，要他详详细细的来告给我那一点把对手放翻时的“经验”，以及事前事后的“感想”。“故事”上半天已说过了，我要明白的只是那些故事对于他本人的“意义”。我在他那种叙述上，我敢说我当真学了一门稀奇的功课。

他的坦白，他的口才，皆帮助我认识一个人一颗心在特殊环境下所有的式样。他虽一再犯罪却不应受何种惩罚。他并不比他的敌人如何强悍，不过只是能忍耐，知等待机会，且稍稍敏捷准确一点儿罢了。当他被一个人欺侮时，他并不即刻发动，他显得很老实，沉默，且常常和气的微笑。“大爷，你老哥要这样还有什么话说吗？谁敢碰你老哥？请老哥海涵一点……”可是，一会儿，“小宝”飕的抽出来，或是一板凳一柴块打去，这“老哥”在措手不及情形中，哽了一声便被他弄翻了。完事后必需跑的自然就一跑，不管是税卡，是营上，或是修械厂，到一个新地方，住在棚里闲着，有什么就吃什么，不吃也饿得起，一见别人做事，就赶快帮忙去做，用勤快溜刷引起头目的注意。直到补了名字，因此把生活又放在一个新的境遇新的门路上当作赌注押去。这个人打去打来总不离开军队，一点生存勇气的来源却亏得他家祖父是个为国殉职的游击。“将门之子”的意识，使他到任何境遇里皆能支撑能忍受。他知道游击同团长名分差不多，他希望作团长。他记得一句格言：“万丈高楼从地起”，他因此永远能用起码名分在军队里混。

对于这个人的性格我不希奇，因为这种性格从三厅屯垦军子弟中随处可以发现。我只希奇他的命运。

小船到辰河著名的“箱子岩”上游一点，河面起了风，小船拉起一面风帆，在长潭中溜去。我正同他谈及那老游击在台湾与日本人作战殉职的遗事，且劝他此后忍耐一点，应把生命押在将来对外战争上，不宜于仅为小小事情轻生决斗。想要他明白私斗一则不算脚色，二则妨碍事业。见他把头低下去，长长的放了一口气，我以为所说的话有了点儿影响，心中觉得十分快乐。

经过一个江村时，有个跑差军人身穿军服斜背单刀正从一只方头渡船上过渡，一见我们的小船，装载极轻，走得很快，就喊我们停船，想搭便船上行。船上水手知道包船人的身分，就告给那军人，说不方便，不能停船。

赶差军人可不成，非要我们停船不可。说了些恐吓话，水手还是不理会。我正想告给水手要他收帆停船，渡那个军人搭坐搭坐，谁知那军人性急火大，等不得停船，已大声辱骂起来了。小豹子原蹲在船舱里，这时方爬出去打招呼：

“弟兄，弟兄，对不起，请不要骂！我们船小，也得赶路，后面有船来，你搭后面那一只船吧。”

那一边看看船上是一个中学生样子人物，就说：

“什么对不起，赶快停停！掌舵的，你不停船我 × 你的娘，到码头时我要用刀杀你这狗杂种！”

那个掌梢人正因为风紧帆饱，一面把帆绳拉着，一面就轻轻的回骂：“你杀我个 ××，我怕你！”

小豹子却依然向那军人很和气的说：“弟兄，弟兄，你不要骂人！全是出门人，不要骂人！”

“我要骂人怎么样？我骂你，我就骂你，……你到码头等我！”

我担心这口舌，便喊叫他：“××！”

小豹子被那军人折辱了，似乎记起我的劝告，一句话不说，摇摇头，默然钻进了船舱里。只自言自语的说：“开口就骂人，不停船就用刀吓人，真丢我们军人的丑。”

那时节跑差军人已从渡船上了岸，还沿河追着我们的小船大骂。

我说：“××，你同他说明白一下好些，他有公事我们有私事，同是队伍里的人，请他莫骂我们莫追我们。”

“不讲道理让他去，不管他。他疑心这小船上有女人，以为我们怕他！”

小船挂帆走风，到底比岸上人快一些，一会儿，转过山岨时，那个军人就落后了。

小船停到××时，水手全上岸买菜去了，小豹子也上岸买菜去了，各人去了许久方回来。把晚饭吃过后，三个水手又说得上岸有点事，想离开船，小豹子说：

“你们怕那个横蛮兵士找来，怕什么？不要走，一切有我！这是大码头，有部队驻扎到这里，凡事得讲个道理！”

几个船上人虽分辩着，仍然一同匆匆上岸去了。

到了半夜水手们还不回来睡觉，我有点儿担心，小豹子只是笑。我说：

“几个人会被那横蛮军人打了，××，你上去找找看！”

他好像很有把握笑着说：“让他们去，莫理他们。他们上烟馆同大脚妇人吃荤烟去了，不会挨打。”

“我担心你同那兵士打架，惹了祸真麻烦我。”

他不说什么，只把手电灯照他手上的金表，大约因为表停了，轻轻的骂了两句野话。待到三个水手回转船上时，已半夜过了。

第二天一早，天还未大明，船还不开头，小豹子就在被中咕喽咕喽笑。我问他笑些什么，他说：

“我夜里做梦，居然被那横蛮军人打了一顿。”

我说：“梦由心造，明明白白是你昨天日里想打他，所以做梦就挨打。”

那小豹子睡眼迷朦的说："不是日里想打他，只是昨天煞黑时当真打了那家伙一顿！"

"当真吗？你不听我话，又闹乱子打架了吗？"

"那里那里，我不说同谁打什么架！"

"你自己承认的，我面前可说谎不得！你说谎我不要你跟我。"

他知道他露了口风，把话说走，就不再作声了，咕咕笑将起来。原来昨天上岸买菜时，他就在一个客店里找着了那军人，把那军人嘴巴打歪，并且差一点儿把那军人膀子也弄断了。我方明白他昨天上岸买菜去了许久的理由。

（选自《湘行散记》，1936年3月由商务印书馆初版）

箱子岩

十四年以前，我有机会独坐一只小篷船，沿辰河上行，停船在箱子岩脚下。一列青黛崭削的石壁，夹江高矗，被夕阳烘炙成为一个五彩屏障。石壁半腰中，有古代巢居者的遗迹，石罅间悬撑起无数横梁，暗红色大木柜尚依然好好的搁在木梁上。岩壁断折缺口处，看得见人家茅棚同水码头，上岸喝酒下船过渡人皆得从这缺口通过。那一天正是五月十五，河中人过大端阳节[①]。箱子岩洞窟中最美丽的三只龙船，皆被乡下人拖出浮在水面上。船只狭而长，船舷描绘有朱红线条，全船坐满了青年桡手，头腰各缠红布，鼓声起处，船便如一枝没羽箭，在平静无波的长潭中来去如飞。河身大约一里路宽，两岸皆有人看船，大声呐喊助兴。且有好事者，从后山爬到悬岩顶上去，把百子鞭炮从高岩上抛下，尽鞭炮在半空中爆裂，嘭嘭嘭嘭的鞭炮声与水面船中锣鼓声相应和，引起人对于历史发生了一点幻想，一点感慨。

当时我心想：多古怪的一切！两千年前那个楚国逐臣屈原，若本身不被放逐，疯疯癫癫来到这种充满了奇异光彩的地方，目击身经这些惊心动魄的景物，两千年来的读书人，或许就没有福分读《九歌》那类文章，中国文学史也就不会如现在的样子了。在这一段长长岁月中，世界上多少民族皆堕落了，衰老了，灭亡了。即如号称东亚大国的一片土地，也已经有过多少次被沙漠中的蛮族，骑了膘壮的马匹，手持强弓硬弩，长枪大戟，到处践踏蹂躏！**（辛亥革命前夕，在这苗蛮杂处的一个边镇上，向土民最后一次大规模施行杀戮的统治者，就是一个北方清朝的宗室！）**然而这地方的一切，虽在历史中也照样发生不断的杀戮，争夺，以及一到改朝换代时，派人民担负种种不幸命运，死的因此死去，活的被逼迫留发，剪发，在生活上受新朝代种种限制与支配。然而细细

① 大端阳节：指农历五月十五日。

一想，这些人根本上又似乎与历史毫无关系。从他们应付生存的方法与排泄感情的娱乐上看来，竟好像古今相同，不分彼此。这时节我所眼见的光景，或许就与两千年前屈原所见的完全一样。

那次我的小船停泊在箱子岩石壁下，附近还有十来只小渔船，大致打鱼人也有弄龙船竞渡的，所以渔船上妇女小孩们，精神皆十分兴奋，各站在尾梢上锐声呼喊。其中有几个小孩子，我只担心他们太快乐了些，会把住家的小船跳沉。

日头落尽云影无光时，两岸渐渐消失在温柔暮色里，两岸看船人呼喝声越来越少，河面被一片紫雾笼罩，除了从锣鼓声中尚能辨别那些龙船方向，此外已别无所见。然而岩壁缺口处却人声嘈杂，且闻有小孩子哭声，有妇女们尖锐叫唤声，综合给人一种悠然不尽的感觉。天气已经夜了，吃饭是正经事。我原先尚以为再等一会儿，那龙船一定就会傍近岩边来休息，被人拖进石窟里，在快乐呼喊中结束这个节日了。谁知过了许久，那种锣鼓声尚在河面飘着，表示一班人还不愿意离开小船，回转家中。待到我把晚饭吃过后，爬出舱外一望，呀，天上好一轮圆月。月光下石壁同河面，一切皆镀了银，已完全变换了一种调子。岩壁缺口处水码头边，正有人用废竹缆或油柴燃着火燎，火光下只见许多穿白衣人的影子移动。问问船上水手，方知道那些人正把酒食搬移上船，预备分派给龙船上人。原来这些青年人白日里划了一整天船，看船的皆散尽了，划船的还不尽兴，并且谁也不愿意扫兴示弱，先行上岸，因此三只长船还得在月光下玩个上半夜。

提起这件事，使我重新感到人类文字语言的贫俭。那一派声音，那一种情调，真不是用文字语言可以形容的事情。向一个身在城市住下，以读读《楚辞》就神往意移的人，来描绘那月下竞舟的一切，更近于徒然的努力。我可以说的，只是自从我把这次水上所领略的印象保留到心上后，一切书本上的动人记载，皆看得平平常常，不至于发生惊讶了。这正像我另外一时，看过人类许多花样的杀戮，对于其余书上叙述到这件事，同样不能再给我如何感动。

十四年后我又有了机会乘坐小船沿辰河上行，应当经过箱子岩。我想温习温习那地方给我的印象，就要管船的不问迟早，把小船在箱子岩停泊。这一天是十二月七号，快要过年的光景，没有太阳的酿雪天，气候异常寒冷。停船时还只下午三点钟左右，岩壁上藤箩草木叶子多已萎落，显得那一带岩壁十分瘦削。悬岩高处红木柜，只剩下三四具，其余早不知到那儿去了。小船最先泊在岩壁下洞窟边，冬天水落得太多，洞口已离水面两丈以上，我从石壁裂罅爬上洞口，到搁龙船处看了一下，旧船已不知坏了还是被水冲去了，只见有四只新船搁在石梁上，船头还贴有鸡血同鸡毛，一望就明白是今年方下水的。出得洞口时，见岩下左边泊定五只渔船，有几个老渔婆缩颈敛手在船头寒风中修补渔网。上船后觉得这样子太冷落了，可不是个办法。就又要船上水手为我把小船撑到岩壁断折处有人家地方去，就便上岸，看看乡下人过年以前是什么光景。

四点钟左右，黄昏已腐蚀了山峦与树石轮廓，占领了屋角隅，我独自坐在一家小饭铺柴火边烤火。我默默的望着那个火光煜煜的树根，在我脚边很快乐的燃着，爆炸出轻微的声音。铺子里人来来往往，有些说两句话又走了，有些就来镶在我身边长凳上，坐下吸他的旱烟。有些来烘脚，把穿着湿草鞋的脚去热灰里乱搅。看看每一个人的脸子，我都发生一种奇异。这里是一群会寻快乐的乡下人，有捕鱼的，打猎的，有船上水手与编制竹缆工人。若我的估计不错，那个坐在我身旁，伸出两只手向火，中指节有个放光顶针的，一定还是一位乡村成衣人。这些人每到大端阳时节，皆得下河去玩一整天的龙船。平常日子却在这个地方，按照一种分定，很简单的把日子过下去。每日看过往船只摇橹扬帆来去，看落日同水鸟。虽然也有人事上的得失，到恩怨纠纷成一团时，就陆续发生庆贺或仇杀。然而从整个说来，这些人生活却仿佛同“自然”已相融合，很从容的各在那里尽其性命之理，与其他无生命物质一样，惟在日月升降寒暑交替中放射，分解。而且在这种过程中，人是如何渺小的东西，这些人比起世界上任何哲人，也似乎还更知道的多一些。

听他们谈了许久，我心中有点忧郁起来了。这些不辜负自然的人，与自然妥协，对历史毫无担负，活在这无人知道的地方。另外尚有一批人，与自然毫不妥协，想出种种方法来支配自然，违反自然的习惯，同样也那么尽寒暑交替，看日月升降。然而后者却在改变历史，创造历史。一分新的日月，行将消灭旧的一切。我们用什么方法，就可以使这些人心中感觉一种“惶恐”，且放弃过去对自然和平的态度，重新来一股劲儿，用划龙船的精神活下去？这些人在娱乐上的狂热，就证明这种狂热使他们还配在世界上占据一片土地，活得更愉快更长久一些。不过有什么方法，可以改造这些人狂热到一件新的竞争方面去？

一个跛脚青年人，手中提了一个老虎牌桅灯，灯罩光光的，洒着摇着从外面走进屋子。许多人皆同声叫唤起来：“什长，你发财回来了！好个灯！”

那跛子年纪虽很轻，脸上却刻划了一种油气与骄气，在乡下人中仿佛身分特高一层。把灯搁在木桌上，坐近火边来，拉开两腿摊出两只手烘火，满不高兴的说：“碰鬼，运气坏，什么都完了。”

“船上老八说你发了财，瞒我们！”

“发了财，哼。瞒你们？本钱去七角，桃源行市一块零，有什么捞头，我问你。”

这个人接着且连骂带唱的说起桃源后江的情形，使得一般人皆活泼兴奋起来，话说得正有兴味时，一个人来找他，说猪蹄膀已炖好，酒已热好，他搓搓手，说声有偏各位，提起那个新桅灯就走了。

原来这个青年汉子，是个打鱼人的独生子，三年前被省城里募兵委员招去，训练了三个月，就开到江西边境去同共产党打仗。打了半年仗，一班弟兄中只剩下他一个人好好的活着，奉令调回后防招新军补充时，他因此升了班长。第二次又训练三个月，再开到前线去打仗。于是碎了一只腿，抬回军医院诊治，照规矩这只腿用锯子锯去。一群同志皆以为从辰州地方出来的人，“辰州符”比截割高明得多了，就把他从医院中抢出，在外边用老办法找人敷水药治疗。说也古怪，那只腿居然不必截割全好了。战争是个什么东西他已明白了。取得了本营证明，领得了些伤兵抚恤费后，于是回到家乡来，用什长名义受同乡恭维，又用伤兵名义作点生意。这生意也就正是有人可以赚钱，有人可以犯法，政府也设局收税，也制定法律禁止，那种从各方面说来皆似乎极有出息的生意。我想弄明白那什长的年龄，从那个当地唯一成衣人口中，方知道这什长今年还只二十一岁。那成衣人尚说：

“这小子看事有眼睛，做事有魄力，蹶了一只脚，还会发财走好运。若两只腿弄坏，那就更好了。”

有个水手插口说：“这是什么话。”

“什么画，壁上挂。穷人打光棍，两只腿全打坏了，他就不会赚了钱，再到桃源县后江玩花姑娘！”

成衣人末后一句话把大家都弄笑了。

回船时，我一个人坐在灌满冷气的小小船舱中，计算那什长年龄，二十一岁减十四，得到个数目是七。我记起十四年前那个夜里一切光景，那落日返照，那狭长而描绘朱红线条的船只，那锣鼓与呼喊，……尤其是临近几只小渔船上欢乐跳掷的小孩子，其中一定就有一个今晚我所见到的跛脚什长。唉，历史。生硬性痈疽的人，照旧式治疗方法，可用一点点毒药敷上，尽它溃烂，到溃烂净尽时，再用药物使新的肌肉生长，人也就恢复健康了。这跛脚什长，我对他的印象虽异常恶劣，想起他就是个可以溃烂这乡村居民灵魂的人物，不由人不……

二十年前澧州地方一个部队的马夫，姓贺名龙，一菜刀切下了一个兵士的头颅，二十年后就得惊动三省集中十万军队来解决这马夫。谁个人会注意这小小节目，谁个人想象得到人类历史是用什么写成的！

（选自《湘行散记》，1936 年 3 月由商务印书馆初版）

故乡风物

- 傩戏
- 苗族银饰
- 苗族服饰
- 蜡染

……

傩戏

傩戏相传起源于商周时期的驱傩活动，后来逐渐发展成为具有浓厚娱人色彩和戏乐成分的礼仪祀典。大约在宋代前后，傩仪由于受到民间歌舞、戏剧的影响，开始衍变为旨在酬神还愿的傩戏。傩戏以面具为其艺术造型的重要手段，内容多与宗教鬼神有关，傩戏表演者按角色戴彩绘面具，俗称“脸子”，其表演俗称“跳傩”，场面多伴以锣鼓。

苗族银饰

苗族银饰以大为美、以多为美，呈现出一种繁复的特质。其制作过程是先把熔炼过的白银制成薄片、银条或银丝，利用压、刻等工艺，制出精美纹样，然后再焊接或编织成型。苗族银饰可分头饰、颈饰、胸饰、手饰等，其中只头饰就包括银角、银扇、银帽、银围帕、银飘头排、银发簪、银插针、银顶花、银花梳、银耳环等。

苗族服饰

苗族服饰又称苗服，以夺目的色彩、繁复的装饰和耐人寻味的文化内涵著称于世。从总体来看，苗服使用织、绣、挑、染的传统工艺技法，或者挑中带绣，或者染中带绣，或者织绣结合。从内容上看，服饰图案大多取材于日常生活物象，被专家学者称为“穿在身上的史诗”。从用色上看，善于选用多种强烈的对比色彩，一般为红、黑、白、黄、蓝五种。

蜡染

蜡染是传统民间印染工艺之一，与绞缬、夹缬并列为中国古代染缬工艺的三种基本类型，在苗、瑶、仡佬等民族中甚为流行。蜡染是用蜡刀蘸熔蜡绘花于布后以蓝靛浸染，既染去蜡，布面就呈现出蓝底白花或白底蓝花的多种图案，同时，在浸染中，作为防染剂的蜡自然龟裂，使布面呈现特殊的“冰纹”，尤具魅力。

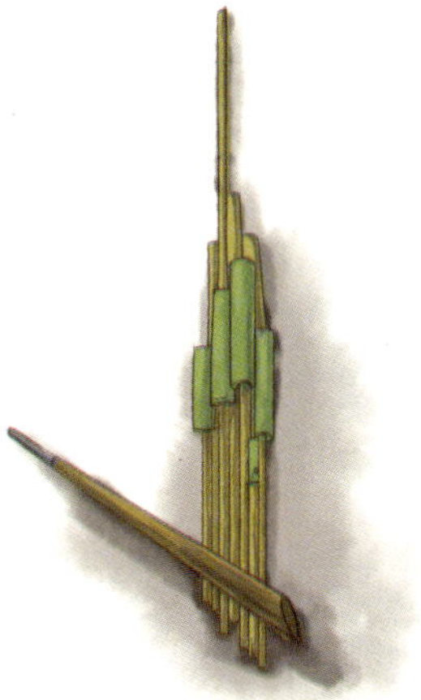

芦笙

芦笙是流行于我国西南地区少数民族中的簧管乐器。在中国大地上，只要有苗族人的地方，就有芦笙。逢年过节，苗族人都要举行各式各样、丰富多彩的芦笙会，吹起芦笙跳起舞，庆祝自己的民族节日。踩芦笙就是有人领吹芦笙，有人跟着芦笙旋律跳舞。

图书在版编目（CIP）数据

沈从文与凤凰 / 沈从文著 . -- 北京 : 朝华出版社，2018.1

（读给孩子的故乡与童年 / 李怡主编）

ISBN 978-7-5054-4161-3

Ⅰ . ①沈… Ⅱ . ①沈… Ⅲ . ①小说集－中国－现代②散文集－中国－现代 Ⅳ . ① I216.2

中国版本图书馆 CIP 数据核字（2017）第 288085 号

沈从文与凤凰

作　　者　沈从文　　**导读撰文**　胡余龙
主　　编　李怡　　**乡音朗读**　黄世龙
插　　图　徐辉　吴子晋　张培　田丽　　**童声朗读**　韩羽真

责任编辑　秦霁政
美术编辑　孙艳艳
责任印制　张文东　陆竞赢

出版发行　朝华出版社
社　　址　北京市西城区百万庄大街 24 号　　**邮政编码**　100037
订购电话　（010）68413840　68996050
传　　真　（010）88415258（发行部）
联系版权　j-yn@163.com
网　　址　http://zhcb.cipg.org.cn
印　　刷　北京文昌阁彩色印刷有限责任公司
经　　销　全国新华书店
开　　本　710mm×1000mm　1/16　　**字　　数**　160 千字
印　　张　12
版　　次　2018 年 1 月第 1 版　2018 年 1 月第 1 次印刷
装　　别　平
书　　号　ISBN 978-7-5054-4161-3
定　　价　34.00 元
